청소년을 위한
매력적인
글쓰기

청소년을 위한 매력적인 글쓰기 (개정판)

개정판 1쇄 펴낸날 | 2020년 5월 25일

지은이 | 이형준
펴낸이 | 이종근
펴낸곳 | 하늘아래
공급처 | 도서출판 하늘아래

주소 | 경기도 고양시 하늘마을로 57-9. 301, 302호
전화 | 031-976-3531
팩스 | 031-976-3530
이메일 | haneulbook@naver.com

등록번호 | 제300-2006-23호

글쓰기는 생각이고, 표현이고 자유이다.

(개정판)

청소년을 위한 매력적인 글쓰기

이형준 지음

하늘아래

글쓰기 실력이 밥 먹여준다

- 글쓰기, 배워본 적 있나?
- 방법도 모르고 노력하고 있는 건 아닌가?

교사 되고 첫해에 특성화고로 발령받았을 때 일이다. 교무실에 들렀는데 학생 한 명은 툴툴거리고, 담임 선생님은 달래고 있었다. 들어보니 자기소개서 때문이었는데, 선생님이 계속 고쳐오라고 하자 학생이 화가 났던 모양이었다. 옆에서 듣고 있다가 내가 끼어들었다.

"지금까지 몇 번이나 고쳐 썼는데?"
"10번 넘게요."

그래서 상냥하게 대답해주었다.

"90번 남았네. 다시 써."
옆에서 듣고 있던 선생님들이 감탄한 표정을 지었다. 무엇 때문에 감탄했는지는 나도 모르겠다. 선생님들의 시선을 무시하고, 학생 손에서 자기소개서를 낚아채서 빨간 줄을 좍좍 그어주었다. 여긴 이렇게 고치고, 이건 집어넣고, 이건 빼, 여긴 내용 보강하고, 여긴 뒤로 보내, 띄어쓰기도 틀렸잖아, 자기소개서는 이렇게 쓰는 거야, 알겠지? 국어교사로서 진면목을 발휘해 5분 만에 글을 해체해 놓았다. 재조립은 학생 몫으로 남겨놓고 말이다.

솔직히 고백해야겠다. 나는 그때 자랑스러웠다. 뭔가 열심히, 그리고 매우 잘 가르친 기분이 들었기 때문이다. 하지만 돌이켜 보면, 기간제 교사, 방과후 강사, 시간 강사 등 서류만 내면 어김없이 떨어지던 나였다. 그런 나는 과연 자기소개서 쓰기가 즐거웠나 싶었다. 그러지 말았어야 했는데, 그때는 그런 생각을 못했다. 지금보다 어렸던 그때, 될 때까지 하면 왜 안 되냐는 게 내 생각이었다. 좋게 말해 진취적이고, 솔직히 말해 무식했던 그 방법은 옳지도, 좋지도 않았다. 제대로 된 원리는 가르치지 않았으니까. 그거야말로 사람 진저리치게 만드는 꼰대 마인드일 뿐이었다.

나의 앞뒤 없는 자신감이 깨지는 데는 1년도 걸리지 않았다. 일단 특성화고엔 어느 정도 글을 쓸 수 있는 학생 자체가 없었다. 적어도 내가 근무한 학교엔 그랬다. 나중에 알게 된 일인데, 그나마 자기소개서를 써올 수 있는 학생은 대단한 축에 속했다. 그러니 그 학생은 정말 노력했던 거였다. 나중에 그 사실을 깨닫고는, 이름도 얼굴도 모르는 그 학생에게 더 미안해졌다.

글쓰기 과제만 주어지면 왜 다들 종이는 백지고, 머리는 백치 상태가 될까? 글쓰기가 무엇인지 배운 적이 없어서다. 대개의 학생들이 자기소개서에 자신 있게 채울 수 있는 내용은 이 정도다. '우리 가족은 4명이고, 부모님이 계시고, 저는 1남 1녀 중 장남입니다' 이런 글에 도대체 누가 손댈 수 있을까? 이런 상황이면 지도 교사 과목이 국어든, 수학이든, 문제가 안 된다. 둘 다 아무 짝에도 쓸모가 없으니까. 남 얘기가 아니다. 내 얘기다. 나는 고쳐 쓰는 법만 가르칠 줄 알았지, 새로 쓰는 법은 가르칠 줄 모르는 교사였다.

못난 글을 쓰고서 고민하는가? 좋은 글로 바꾸면 된다. 못난 글도 안 나오는가? 나오게 하는 방법부터 궁리하자. 쓴 게 전혀 없으면, 나아질 수 없다. 결심만 하는 바보의 대열에서 이탈하라. 기업체에 나가든, 대학에 가든, 학생들은 절실하다. 살 길이 거기 달렸고, 장래 희망의 최대치는 취업이니까. 그 절실한 상황에서도 자신을 드러내는 글 한 줄을 못 쓴다. 먹고 사는 문제가 달렸어도 이 정도다. 다른 때의 글쓰기는 오죽하겠는가.

그럴 때 교사가 할 수 있는 일이 뭘까. '자소설' 쓰기 유도다. 평범한 교사들이 그런 일을 한다. 나도 그랬다. 하지만 그게 피곤한 일이라는 걸 깨달았다. 자소설 써주고 교사 역할 다 했다고 말하면 거짓말이다. 게다가 의미도 없다. 한 번은 모 공단에서 입사 시험 문제를 미리 공개했다. 마감 기한 전까지 답을 써서 제출하면 되는 거였다. 문제를 보자마자 내가 생각한 답안을 줄줄이 읊었고, 학생은 부르는 대로 받아 적었다. 학생 수준을 고려해 수준도 꽤 낮췄다. 완전한 공상은 아니고, 평소 그 학생의 생활 모습을 알고, 썼던 글을 참고해서 마련한 답안이라 구체성은 있었다. 수준을 낮췄으니 괜찮겠지 싶었는데, 얼마 후 전화가 왔다. 너무 잘 썼는데 누가 도와준 거 아니냐고.

내 새끼 귀하다고 남의 새끼 피해주면 안 되지만, 그럴 수도 없다는 걸 그때 배웠다. 애초에 내가 남을 속일 능력도 없는데, 뭐 하러 그래야 할까 싶었다. 그래서 그런 일에선 깔끔하게 손 떼기로 했다. 한 가지 다행인 건, 이제는 그런 일을 하지 않아도 좋을 만큼 글쓰기 지도가 가능해 졌다는 점이다. 엄청난 비법을 갖게 되어서가 아니다. 학생들이 자주 실수하는 부분, 막막해 하는 이유를 좀 더 확실히 알게 되었기 때문이다.

학교에서 글쓰기 대신 문법만 죽도록 외우고, 문학의 갈래와 특징만 외운 학생은 글쓰기를 잘할 수 없다. 가르쳐준 적도 없는 것을 잘하라고 윽박지르는 어른이 현명할 리도 없다. 그래서 이제 책으로 정리한다. 아무것도 모르는 상태에서 글쓰기는 어떻게 연습하는지, 그리고 더 좋은 글쓰기는 어떻게 가능한지를.

이 책을 읽는다고 당장 글쓰기가 술술 되고, 머릿속에서 아이디어가 샘솟는다고 말한다면 거짓말이다. 수영을 이론으로 배웠다고 자유형이 가능하겠는가? 대신 글쓰기가 어떤 것인지를 배우게 될 테니, 글에 대한 두려움은 줄어들 것이다. 그리고 그것이면 충분하다.

믿지 않을지 모르지만, 인생은 글쓰기의 연속이다. 나중에 사업하느라 명함 하나를 만들어도, 그 안에 어떤 내용을 담을까 고민하며 만들어야 한다. 그렇지 않은 명함은 상대와 헤어지자마자 버려진다. 회사에 취업하면 어떤 일을 할까? 기획서 쓰고, 보고서 쓰고, 요약 자료 만든다. 회사에선 그거 잘하는 사람이 일 잘하는 사람 되고, 그러니까 대접받는다. 글쓰기와 실무 능력이 꼭 관계있을까? 확신은 못하겠다. 대신 전혀 없다고도 말 못한다. 아는 게 없으면 쓰지도 못할 테니까. 일단 아는 내용이 많아야 글도 잘 쓸 수 있지 않은가. 피할 수 없다면, 차라리 제대로 배워보자.

그런 의미에서, 이 책이 글쓰기 공포증 치유, 혹은 글 잘 쓰고 싶은 학생의 열망에 도움이 될 수 있기를 희망한다.

목　차

1장
못난 글의 3가지 특징

1. 주제 이탈

한국 사람들이 처음 보는 사람과 싸울 때 백 퍼센트 들을 수 있는 말이 있다. 그 말은 바로 이것이다.

"너 도대체 몇 살이야?"

나 역시 그런 경험이 있다. 그럴 때마다 나는 "62세요"라고 대답한다. 그러면 상대방은 말문이 막힌다. 간혹 주민등록증을 꺼내보라는 사람도 있는데, 그러면 웃으면서 말해준다. 당신이 경찰은 아니지 않냐고. 물론 그 정도로 물러서지 않는 사람도 있긴 하다. 내가 경찰이든 뭐든, 어쨌든 주민등록증을 꺼내라고 고래고래 소리 지르며 말이다. 그러면 나는 내가 동안이라 젊어 보일 뿐이라고 말해준다. 이쯤 되면 주변에서 구경하던 사람들이 폭소를 터뜨린다. 그리고 상대방은 순식간에 조롱의 대상이 된다. 그쯤 되면 상대방도 꼬리를 내린다.

상대방들은 왜 나와의 말싸움에서 졌을까? 내가 말을 잘해서가 아니라, 본인이 말을 잘못 꺼냈기 때문이다. 다시 말해 처음부터 쓸데 없는 질문을 했기 때문이다. 일반적으로 시비가 붙었을 때, 나이는 주제와 관계있는 경우가 없다. 그러니 그런 질문은 스스로를 바보 같게 만드는 일이다. 그런 일을 하면 똑같이 상관없는 논리로 되치기만 당한다. 살다 보면 시비가 붙는 상황은 상당히 많다. 물건을 환불받으려는 경우, 지하철역에서 새치기당한 경우, 카페에서 소란 떠는 애들을 제지할 줄 모르는 부모와 만난 경우 등이 그렇다. 아무리 정당한 항의를 해도 우리는 몇 살이냐는 이야기를 들을 수 있다. 그러면 우리는 이런 결론에 도달한다. '한국인은 주제 파악을 참 못한다'

주제 파악을 잘하면 갈등은 생기지 않는다. 문제의 초점을 확인하고, 해결 방법을 찾는 데 힘을 쓰기 때문이다. 이때 상대방은 나와 갈등을 일으키는 사람이 아니라, 협력하는 대상이 된다. 문제는 항상 주제 파악을 하는 데 게으른 사람들이 일으킨다.

학생들의 글을 보면, 커서 남과 싸울 때 넌 몇 살이냐고 물을 것 같아 걱정스러울 때가 있다. 글 내용이 산으로 가는 정도를 넘어, 대기권도 돌파할 것 같을 때 그렇다. 원래의 주제와 1만 광년은 떨어진 것 같은 글을 볼 때, 그리고 자랑스러운 얼굴로 나를 쳐다보는

학생들을 볼 때, 나는 자책한다. '내가 국어를 잘못 가르쳤나?'

주제를 이탈하는 글은 왜 나오는가? 생각이 정리되지 않은 채로 글을 쓰기 때문이다. 물론 글쓰기는 생각을 정리하는 좋은 수단이긴 하다. 문제는 그게 메모에 불과하다는 점이다. 다시 말해 주제에 맞는 글을 가져오는 게 아니라, 자기 생각을 끄적거린 메모를 가져왔을 뿐이라는 의미다. 메모를 왜 쓰는가? 참고하기 위해 쓴다. 잊지 않으려고, 그래서 일을 제대로 하려고 쓰는 게 메모다. 그러니 글쓰기를 할 때는 메모를 보고 짜임새 있는 글, 정리된 글을 써와야 한다. 그래야 제대로 된 최종 결과물이 나오기 때문이다. 그런데 다들 가장 중요한 그 마지막 단계를 안 하려 든다. 다시 말해 메모 작성으로 끝난다는 의미다. 학생들이 제대로 된 '글'과 '메모'를 구분하지 않으면, 주제 이탈은 끝없이 반복된다.

우리는 내세울 게 나이밖에 없는 어른이 못난 어른임을 안다. 원래의 주제와 상관없이, 논리로 반박할 수 없으니 나이 이야기를 꺼내는 것이기 때문이다. 그런데 자기 글에 대해 반성 없는 까닭은 무엇인가? 둘 중 하나다. 문제의식이 없거나, 게으르거나. 어느 쪽이나 위험하다. 그런 방식으로는 생각하는 힘이 길러지지 않기 때문이다.

주제 이탈은 세상을 어지럽게 한다. 그것이 갈등을 만들고, 반목을 크게 하기 때문이다. 글도 그렇다. 주제가 이탈하고 논리성이 부족한 글은 보는 이를 어지럽게 한다. 거기에 더해 핵심을 찾는 데 시간낭비까지 하게 한다. 그런 글이 좋은 글은 아니잖은가. 지나치게 긴 글, 문법적 오류투성이인 글은 그래도 이해할 수 있다. 그러나 주제를 이탈한 글은 글쓴이의 어떤 목적도 달성할 수 없다.

2. 자아도취

글을 쓰는 사람은 자기가 하고자 하는 말을 분명히 해야 한다. 남들이 읽어주든 아니든, 그래야 글에 생기를 불어넣을 수 있다. 내 뜻에 동조해주는 사람이 많지 않아도 괜찮다. 시간이 지나면 내 말이 옳음이 입증되는 경우도 있기 때문이다. 그럴 때 나는 예언자가 된다. 다만 그 시기가 지금이 아닐 뿐이다.

다만 거기에도 조건은 있다. 근거 마련에 게을러선 안 된다는 것. 특정 분야의 공부를 많이 하는 사람은, 그렇지 않은 사람보다 확신이 있다. 근거 없는 내 생각이 아니라 데이터에 기반한 지식으로 무장되어 있기 때문이다. 전문가의 주장, 통계 자료, 추계 자료(앞으로의 추정치를 예상한 자료), 책에 나온 도표, 삽화, 그래프는 그래서 중요하다. 그것들을 살펴보며 얻게 된 생각의 확장은 통찰로 이어지기 때문이다. 그러니 현재 일어나지 않은 일이라 해도 '근거 있는 자신감'은 문제될 리 없다.

문제는 '근거 없는 자신감'이다. 이런 자신감을 가진 사람이 글을 쓰면 다음과 같은 문제가 생긴다. 첫째, 데이터가 없다. '500개 이상, 천 명 중에 한 명, 지난 20년 간 처음, 1992년 이후 가장 높은 수치'와 같은 표현이 없다는 말이다. 그저 '많이, 매우 많이, 아주아주 많이'와 같은 표현만 있다.

둘째, 상대에 대한 배려가 없다. 그런 사람들의 글에는 이런 생각이 드러난다. '내가 일일이 설명하지 않아도 상대는 알아들어야 하고, 못 알아듣는 건 네 책임'이라는 생각. 사람들이 읽기 싫어하는 글 중에 임마누엘 칸트의 『순수이성비판』이 있다. 이 책은 철학책이고, 내용은 어렵다. 대신 칸트는 그런 글을 쓰면서도 기본 개념 정리는 확실히 해 놓았다. 『유시민의 글쓰기 특강』을 보면 이런 대목이 있다. 칸트는 시간과 공간 같은 보통명사까지 독자적인 정의를 내린 다음 자기의 논리를 폈다고. 자아도취하는 사람들은 이런 일을 하지 않는다. 그런 경우 그 글은 독자를 불편케 한다.

글을 한없이 겸손하게 쓰라는 말이 아니다. 남이 듣고 싶은 이야기만 해줘야 한다는 말도 아니다. 생각을 펼치고, 주의주장을 내세우는 게 잘못된 일일 리 없다. 다만 내 생각에만 빠져 상대방 입장을 못 보고 있는 건 아닌지 생각해 보라는 말이다. 교사가 학생 수준이 아니라, 자기 수준으로 가르치면 그 수업은 실패다. 수업은 말로 이루어진다. 쓰기는 글로 이루어진다. 그러나 둘은 표현이란 관점에 선 똑같다. 상대에 대한 이해가 없으면 자기 수준으로 이야기를 하고, 글도 그렇게 쓴다. 그리고 그러한 내용은 논리적 근거가 없어서가 아니라, 아무도 이해할 수 없어서 받아들여지지 않는다.

지적 허영심이나 자만심만 가득한 글이 있다. 그런 글을 누가 읽겠는가? 학생 글을 읽을 때 안 읽고 건너뛰는 경우가 그런 글을 만났을 때다. 그런 글을 쓰는 사람은 자신과 대화할 때 가장 행복하다. 그러니 제삼자인 내가 거기 낄 이유가 없다. 혼자 행복할 수 있는 사람에게 참견하는 것은 서로에게 의미가 없기 때문이다.

자아도취한 사람의 글은 다른 이에게 불편한 감정만 초래한다. 때로는 내가 분명한 근거를 제시했고, 상대가 그런 반응을 보일 수 있다. 그렇다면 그 불편감은 온전히 상대가 감당할 문제다. 그러나 그렇지 않다면 문제의 원인은 나에게 있다. 혼자만의 생각으로 글을 쓰는 사람은 평생 혼자만 읽을 글을 쓴다. 그러자면 춥고 힘든 시기를 보낼 각오를 해야만 한다.

3. 어려움

수업 시간에 학생들에게 조선 시대 가사 작품을 보여줄 때가 있다. 그러면 다들 환호성을 지른다. 너무 재미있겠다고, 이거 꼭 배우고 싶다고, 어쩌면 이리 쉽고 좋은 한자어도 많으냐고 말이다. 믿어지는가? 안 믿어진다고? 당연하다. 거짓말이니까.

학생들은 왜 고전 문학을 싫어할까? 어려워서다. 그게 보편적 정서다. 그러니 당신도 내 말이 거짓임을 눈치챈 것이다. 그럼 왜 어려운지 이유를 따져 본 적이 있는가? 그 이유는 다음과 같다. 첫째, 모르는 말이 너무 많다. 이는 한자어가 많음을 의미한다. 모든 가사 작품에 한자어가 많은 것은 아니다. 그러나 한자어가 많으면 아무래도 더 읽기 싫어진다. 어렵기 때문이다. 문학이란 삶을 노래하고 즐기면 그만인데, 그게 공부의 대상이 되어버린다. 대중가요를 사전 찾아가며 배워야 한다면, 그런 노래는 아무도 안 들을 게 뻔하다. 조선 시대 가사도, 그 당시 사람들은 아무렇지 않게 부르고 놀

앉을 것이다. 하지만 지금 우리에겐 불가능하다.

둘째, 너무 길다. 사실 가사는 읽기 좋게 되어 있다. 3・4조나 4・4조로 되어 있어서 읽기 편하다. 그게 우리말의 가락이고 리듬이니 자연스럽다. 그러니 호흡 자체는 문제가 안 된다. 그보다는 길이가 문제다. 특히 기행 가사의 경우는 처음부터 끝까지 완벽하게 배울 기회가 없다. 너무 길기 때문이다. 교과서엔 작품 전체가 실리지 않는다. 우리는 특정 부분만 반복해서 보고 외운다. 그러니 즐겁지가 않다. 그런 글을 어떻게 계속 읽겠는가? 그러니 다들 얼마간 공부하다 덮어버린다. 그리고 내용 해설이 실린 요약 자료만 찾는다.

글 전체 길이도 문제지만, 문장의 길이도 문제다. 글은 문장으로 이루어진다. 그리고 각 문장은 짧아야 보기 좋다. 보기 좋을 뿐만 아니라, 이해도 잘 된다. 길고 복잡한 문장은 처음과 끝이 호응되지 않는다. 쓰다 보면 앞뒤 말이 맞지도 않다. 길게 쓰면서 스스로 헷갈린다. 심하면 내가 무슨 말을 쓰고 있는지도 모르게 된다. 그래서 자신도 의미를 모르는 글을 쓴다. 학생들 글을 보면 문장 하나가 서너 줄인 경우도 흔하다. 그런 경우는 생각의 흐름을 옮겨 적은 것에 불과하다.

길고 복잡한 글이 멋있는 글이 아니다. 그런 글에 대한 환상을 버려야 한다. 오히려 짧은 문장으로 써줘야 독자를 배려하는 것이다. 이해하기 쉽게 읽는 사람을 도왔기 때문이다. 황순원의 『소나기』가 문장이 짧아서 유치한가? 헤밍웨이의 『노인과 바다』가 문장이 짧아서 유치한가? 아니다. 문장의 길이는 글의 수준과는 상관없다. 그 사실을 모르는 사람이 독자를 고려 안 하고 글을 쓴다. 그리고 자기는 글을 썼다고 우긴다.

잊지 말자. 어렵지 않게 쓰는 것. 초등학생이 읽어도 이해할 수 있고, 유치원생이 읽어도 이해할 수 있는 글이 가장 좋은 글이다. 친구가 읽어도 이해할 수 없고, 내가 다시 읽어도 무슨 말인지 모르겠는 글이 못난 글이다.

2장
글쓰기의 5가지 의미

1. 표현

　최초로 글다운 글을 써본 경험이 언제였는가? 초등학교 일기쓰기 할 때였다. 일기에는 사실과 감정이 모두 담겨 있다. 그것은 때로 숨기고 싶은 개인의 역사다. 그러나 담임 선생님이 일기 검사를 하기 때문에, 숨기는 것은 불가능하다. 그래서 쓰기는 부담이 된다. 안 그래도 어려운데 모범적으로 '잘' 써야 하기 때문이다. 초등학교 때부터 이런 글쓰기를 해온 학생은, 평생 글쓰기가 싫게 된다. 물론 초등학교 선생님도 이유는 있다. 맞춤법을 지도하고, 생활 모습을 살피는 데는 일기가 제일이기 때문이다. 다만 그러면 일기를 두 개 써야 한다. 하나는 보여주는 일기, 다른 하나는 보여주지 않는 일기. 하지만 누가 일기를 그렇게 쓸까. 그러니 거짓말만 늘어난다.

　거짓말이 늘어나는 또 다른 글쓰기는 뭐였나? 독서 감상문이었다. 독서 감상문은 이런 형태다. 줄거리+감상. 학교가 세워진 이래 이 공식은 깨진 적이 없다. 줄거리는 문제가 안 된다. 있는 것을 그대로 요약하면 되니까. 문제는 감상이다. 읽고 나서 감흥도 없는 것을, 억지로 있는 척하려니 감상문이 아니라 소설 쓰기가 된다. 창작이란 쉬운 작업이 아니다. 그러니 독서 감상문 쓰기가 아니라, 독서를 활용한 소설 창작 비슷한 것을 하며 피곤함만 느낀다.

두 가지 글쓰기의 공통점은 무엇인가? 개인감정의 억압이다. 일기에 쓴 하루는 평범할지언정 악해서는 안 되고, 독서 감상문은 깊은 깨달음이 있어야만 한다. 그러나 없는 감동을 쥐어짜는 것은 언제나 고역이다. 조회 시간 교장선생님 훈화 말씀을 듣고, 내가 왜 감동을 느꼈는지 글을 써야 한다고 생각해 보라. 막막함을 넘어 답답함이 밀려온다. 그런 일이 생기지 않으려면 글쓰기가 억압의 도구가 되어서는 안 된다.

글쓰기는 나의 생각을 풀어가는 과정이다. 독서 감상문뿐만 아니라, 모든 실용문은 그렇게 써야 한다. 그래야 논리가 서고, 설득력이 있다. 그럴 때 상대방도 공감한다. 그런데 그 과정이 만만하지 않다. 게다가 그 와중에 없는 거짓말까지 더해야 한다. 그러니 두 배로 괴롭다. 그러니 독서 감상문은 인터넷에서 훔쳐서 적당히 베껴 쓴 결과물에 지나지 않는다. 이런 비생산적인 일이 매번 반복된다.

내가 초등학교 5학년 때였다. 일기에 그날 있었던 온갖 나쁜 일을 적었다. 운이 따라주지 않는 날이었고, 반복되는 불운에 짜증이 났기 때문이다. 그 감정을 토로하고 싶었다. 그래서 모두 적었다. 담임 선생님이 읽고서 위로해 주시길 바라서는 아니다. 그냥 표현함으로써 감정을 정리하고 싶었다. 열심히 쓰고 나서 근사한 제목을 붙였다. '개 같은 날의 아침'이라고.

불행은 혼자 오는 법이 없다. 그날 어머니께 무지 혼났다. 아직 이야기를 못했는데, 일기 검사는 담임 선생님만 하지 않는다. 부모님도 한다. 나는 그 사실을 잊고 있었다. 5학년 담임 선생님은 날마다 일기 검사를 하셨고, 잘 쓴 아이들은 앞에 나와 읽게 했다. 나는 거의 매일 앞에 나와 일기를 읽었다. 꼭 그것 때문에 일기를 열심히 썼던 건 아니었다. 다만 그 일은 일기 쓰기가 마냥 힘들게 느껴지지 않는 이유이기도 했다. 내 생각을 표현한다는 나름의 보상이 있었기 때문이다. 하지만 어머니께 혼난 후로, 일기쓰기는 더 이상 즐거움이 되지 못했다. 나는 더 이상 나를 표현하기 위해 쓰지 않았다. 초등학교를 졸업하고 일기는 내 머리에서 잊혀졌다. 일기와 나의 인연은 거기까지였다.

과욕은 항상 문제다. 지나친 교육적 목적은 내면의 표현을 억압한다. 날것을 표현하지 못하게 막는다. 감정을 죽인다. 그러니 팔딱거리는 생선은 없다. 고급스러운 회 한 접시만 눈앞에 펼쳐진다. 학생들이 내 책상에 올려두는 수행평가 글쓰기는 대개 그런 식이다. 잘못된 교육이 얼마나 많은 사람을 글쓰기에서 멀어지게 하는가. 진심으로 아쉬울 뿐이다.

이제 과거의 글쓰기는 잊어도 된다. 그 대신 자신의 내면을 그대로 표현해 보라. 표현하다 보면, 나의 표현과 상대의 이해가 맞아떨어지는 지점을 찾을 수 있다. 이것은 반복되는 글쓰기 훈련으로만 가능한 일이다. 내 뜻을 솔직하게 밝히되, 상대가 불편하지 않을 표현이 무엇인가를 궁리하는 것이다. 내 글쓰기는 항상 이 지점을 찾는 일의 연속이다. 처음부터 나를 죽이는 글쓰기를 하지 마라. 그러면 글쓰기는 위선이 된다. 글쓰기는 위선적인 이들의 전유물이 아니다. 솔직하되 정제된 표현으로 당신의 생각을 표현하라. 예의를 갖추되 자신을 낮추지 마라. 그럴 수 있어야 글쓰기가 자유로움이 된다.

2. 공감

앞서 표현하기 위해 글을 쓴다고 했다. 그리고 그 표현은 일기를 쓸 때부터 시작된다고도 말했다. 그러나 일기를 제외한 대개의 글은 표현만으론 부족하다. 그건 일차원적 자기만족으로 끝나는 일이다. 내 표현이 상대에게 전달되어야 한다. 그 전달은, 공감할 수 있을 때만 가능하다.

공감은 내가 같은 처지에 있거나 있어 본 적이 있을 때 할 수 있다. 살아가는 모습이 전혀 다르면, 공감은 불가능하다. 2018년 물벼락 갑질로 스타가 된 대한항공 조현민 전무의 SNS 글 하나를 소개한다. 아마 합숙 훈련을 하고 난 후 쓴 글로 추정된다.

"짧고도 긴 2주. 말은 동기지만 결국 그들과 다른 길을 갈 나"

사람들은 그녀가 배려할 줄 몰라 문제라고 말한다. 정말일까? 아니다. 그녀는 배려 이전에 공감 능력이 없다. 그러니 자기 행동의 의미를 이해하지도 못한다. 2주간 합숙 훈련의 의미가 무엇인지 깨닫는 능력은 그녀에겐 없었다. 있었던 건, 아버지가 대표 이사로 있는 회사에서 제 역할을 해내야 한다는 생각뿐이었다. 물론 그건 완벽하게 실패로 끝났다. 성공했으면 회사에서 쫓겨났을 리가 없기 때문이다.

한두 줄짜리 글 하나, 작은 행동 하나가 그 사람의 인격 전체를 보여줄 수 있다. 사람들은 단편적인 모습으로 누군가를 평가하면 안 된다고 말한다. 희망사항이다. 사람들은 바쁘므로, 찰나의 순간에 비친 모습으로 남에 대한 평가를 끝낸다. 백화점에서 제품에 이상이 있다고 고래고래 소리 지르는 아줌마, 길에서 담배 피우고 재를 떠는 아저씨, 지하철 노약자석에 앉은 임산부를 일으켜 세우는 할아버지의 모습을 떠올려 보라. 어떤 생각이 드는가? 저 모습은 저 사람의 일부일 뿐이니 이해하고 넘어가자는 생각? 정말인가? 나는 고개를 돌려 외면하고 싶은데?

공감은 남의 입장을 이해하는 데서 출발한다. 이해할 수 없으면 공감은 불가능하다. 그리고 공감 능력이 부족한 사람이 공감 받을 수 없는 행동을 한다. 그런 사람 옆에는 아무도 남지 않고, 그러니 사회화의 기회를 놓치기 때문이다. 만약 그런 사람이 글을 쓴다면 어떤 글이 나올까? '전두환 회고록' 같은 글이 나온다. 나는 옳았고, 나름의 이유도 있었으며, 나 또한 피해자라는 말은 누가 해도 되는 말이 아니다. 남에게 해를 입힌 사람이 그런 말을 하면, 사람들의 분노는 더 커진다.

공감 가는 글은 많은 사람들에게 읽힌다. 글에 나온 이야기가 내 이야기이기 때문이다. 생생하기 때문이다. 유시민 작가는 그런 글이 책으로 나오면, 대개 베스트셀러가 된다고 말했다. 역으로 말하면, 잘 팔리는 책들은 공감이 가기 때문에, 그래서 몰입이 되기 때문에 팔린다고 보면 된다.

남에게 공감 받는 글이 좋은 글이다. 그리고 그런 글을 쓰려면 남에게 공감 받을 수 있는 행동을 해야 한다. 좋은 공감 능력은 좋은 글쓰기로 이어지고, 이것이 남에게 널리 받아들여지기 때문이다.

3. 극복

불평이 많은 사람들은, 꼭 그런 건 아니지만 틀린 말을 안 한다. 그럼에도 주변 사람들은 불편하다. 상황을 바꾸려고 노력하면 공감할 텐데, 그렇지도 않기 때문이다. 주저앉아 징징대면 매력적이지 않다.

험담도 할 수 있고, 불평도 할 수 있다. 하지만 그런 것만 하느라 낭비하기엔 인생이 너무 짧다. 무엇보다 남에게 불평하는 동안, 나는 귀찮은 존재가 된다. 그렇게 자신의 가치를 떨어뜨리지 않아도 된다. 그보다 고상하고 설득력 있게 행동할 수 있다. 그중 하나가 글쓰기다. 글쓰기는 자기 내면의 감정을 토로함으로써 힘든 상황을 극복하는 데 도움이 된다. 그런 일이라도 하지 않으면 꽤 불행한 인생을 살게 될지도 모른다. 예를 들어 보자. 대개 어른들의 직장생활이란 이런 것이다. 첫째, 직장에서 짜증나는 경험을 한다. 그것은 대개 직장에서의 불합리한 관행, 상사의 인격 모독, 주변인의 무능과 관련된다. 둘째, 내 정당한 짜증을 함께 들어줄 친구나 동료를 찾는다. 셋째, 그들과 함께 술을 마신다. 넷째, 직장은 바뀌지 않고 나만 바뀌어 있다. 바뀐 두 가지는 길어진 카드 명세서와 새로 생긴 위장병이다.

나는 전문계 고등학교 생활에서 보람을 못 느껴 인문계로 왔다. 바보 같은 선택이었다. 11시에 퇴근하다 5시에 퇴근하려니, 허무함마저 느꼈다. 그러나 곧 할 일이 생겼다. 그게 글쓰기였다. 인문계 고등학교가 얼마나 답답한 곳인지 알게 되었기 때문에, 나는 학교 생활에 대해 쓰기 시작했다. 어떤 의미에선, 답답한 현실이 나를 격려해 주었다. 학교장에 대한 불만이 엄청났는데도, 아무도 입도 뻥긋 못하고 있었던 현실은 더욱 그랬다. 교장은 나처럼 기록하는 사람을 기쁘게 해줄 만한 이야깃거리를 날마다 쏟아냈다. 교사의 주말 워크숍 참여 강요, 학생 간 이성교제 금지와 이를 위해 서로 간 3미터 이내 접근 제한 주장, 독서 교육 무용론은 양호한 축에 속했다. 여기에 다 적을 순 없지만, 인격 모독은 조현민 물벼락 갑질에 뒤지지 않았다.

안타깝지만, 선배 교사들은 도움이 되지 않았다. 그들은 나이 어린 교사들 험담할 줄만 알았지, 교장에겐 항상 예스맨이었다. 학교가 어떻게 돌아가야 하는지 절대 모를 리 없는 50대는, 귀머거리 흉내에 심취해 있었다. 그러면 40대는 뭐하고 있었을까? 벙어리 흉내를 내고 있었다. 전교조 교사들도 예외는 아니었다. 나는 아무리 홀

룡한 이상을 가진 집단이라 해도, 거기 속한 사람들이 나와 한 마음, 한 뜻일 거라고 믿으면 안 된다는 사실을 배웠다. 타인에 대한 기대치를 바닥까지 낮춰야 한다는 걸 그때는 몰랐기 때문이다. 그걸 이해하고 나서는, 전교조를 탈퇴했다. 그들이 특별히 뭘 잘못해서는 아니다. 다만 조합원과 비조합원의 차이를 알 수 없었고, 그래서 굳이 남아야 할 이유를 찾지 못했을 뿐이다.

나는 시골 학교에서 근무한다. 내가 있는 곳은 신경정신과도 없다. 그 흔한 상담 센터 하나 없는 곳이다. 역사적으로는 유배지였던 곳이기도 하다. 그런 궁벽한 곳에서 살아남는 법은 둘 중 하나다. 남과 어울리든가, 남과 다른 삶을 살든가. 나는 두 번째를 택했다. 날마다 술 파티나 벌이고 싶은 생각은 조금도 없었다. 완만히 죽어가고 싶지도 않았다. 그래서 써야 했다. 날마다 내가 원하는 학교생활, 학생들이 경험했으면 하는 학교생활을 썼다. 그게 내가 주어진 현실을 극복하는 방법이었다.

주변 교사들은 날마다 나에게 행복한 삶이 어떤 것인가를 설명했다. 그러나 그분들이 설명하는 방식은 내 방식이 될 수 없었다. 나는 내가 가르치는 학생들이 나보다 덜 노력해도 충분히 행복할 수 있기를 바랐다. 아울러 나 또한 지금보다 덜 노력해도 되기를 원했다. 그러나 어떻게 해야 그게 가능한지는 몰랐다. 그런 가운데 내 생각을 정리한 글을 모았다. 그걸 토대로 출간기획서와 샘플 원고를 만들어 출판사 몇 곳에 보냈다. 그러자 일주일도 안 되어 계약하고 싶다는 연락이 오기 시작했다. 완성된 원고를 보고 계약하고 싶다는 곳까지 합하면, 계약을 원하는 곳은 10곳 정도 되었다.

하지만 그때까지만 해도, 나는 내 행동의 결과가 어떻게 나타날지 모르고 있었다. 이름 없는 시골학교 교사 한 명이 쓴 책이 주목받을 거라곤 생각지도 않았기 때문이다. 하지만 감사하게도, 내 책은 출간되자마자 인터파크 MD 추천도서가 되었고, YES 24, 알라딘, 인터파크의 청소년 분야 베스트셀러에 이름을 올렸다. 내 책을 보고 연수원에서 연수 과정을 개설하자는 요청이 들어왔고, 다른 학교에서 강연 요청이 들어왔다. 고등학교 생활을 기록한 내 책은, 솔직히 이유는 알 수 없었지만 초등학교에선 진로 교재로 쓰이기도 했다(물론 당연히 감사하고 있다).

그런 상황이 계속되자, 더 이상 내가 글 쓰는 사람이라는 사실을 숨길 수 없었다. 내가 근무하는 학교의 학생들이 책을 들고 와 사인을 요청하고, 연락이 끊긴 예전 학교 선생님들이 축하 인사를 해왔다. 내 책을 서점과 지역 도서관에서 만나는 일이 반복되었다. 그제야 내 행동의 결과가 이해되었다. 나는 성공한 것이다. 더 많은 사람들과 생각을 공유하고, 행복한 학교생활에 대해 이야기할 수 있게 되었기 때문이다. 나는 더 이상 혼자가 아니었다. 내가 만난 100명이 넘는 교사들 중 유별난 한 명이 아니어도 되었다. 내 생각에 동의해주는 학생들이 그렇게 많은지, 자기 자녀의 진로를 고민하는 학부모가 그렇게 많은지, 글을 쓰기 전엔 몰랐다. 그들은 나에게 감사하다는 말을 전해왔다. 하지만 그분들도 나 역시 감사하고 있다는 사실은 모를 것이다. 나 또한 독자를 통해 위로를 받고 힘을 얻는다. 이제 더 이상, 나는 학교에서 누가 뭐라 하든 신경 쓰지 않는다. 학교 밖에서 나를 지지하고 응원하는 사람은, 학교 안에서 나를 비판하는 사람보다 많기 때문이다.

내 경험이 이 글을 읽는 독자들에게 얼마나 와 닿을지, 솔직히 모르겠다. 그럼에도 개인 경험을 굳이 꺼내는 이유가 있다. 글을 쓰는 일은 결국 현실을 극복할 가장 좋은 방법임을 배웠기 때문이다. 내 글이 남에게 읽히지 않을 때에도, 다시 말해 나 혼자 글을 쓰고 있을 때에도 나는 마음이 편했다.

혹시 여러분도 그럴 때가 있을지 모르겠다. 죽어도 남에게 털어놓을 수 없는 고민, 그런 고민을 안고 있다는 그 사실이 다시 고민이 되어 돌아오는 때. 나는 그럴 때 생각한다. 종이와 볼펜은 내 편이라고. 그리고 나는 그것들을 꺼낸다. 그리고 쓰기 시작한다. 쓰다가 마음에 안 들면 찢어도 된다. 두 줄을 긋고 다시 써도 된다. 어느 누구도 나에게 쓰라고 강요하지 않을 때, 쓰기는 나를 자유롭게 한다. 누군가 쓰기를 가리켜 '황홀한 감옥'이라고 표현했다는데, 나는 그 말에 완벽하게 동의한다.

허균이 쓴 『홍길동전』은 누구나 사람대접 받을 수 있는 세상을 그리고 있다. 왜 그런 세상을 원했을까? 그때는 그런 세상이 아니었기 때문이다. 그런 세상이 진작 왔다고 생각해 보라. 소설 속 주인공이 아버지를 아버지라 부르는 게 소원이었을 리 없지 않은가. 홍길동의 염원은 작가의 것이었다. 허균 자신이 서얼들과 자주 교류했고 그들의 삶을 보았기 때문이었다. 그는 출신 성분에 따라 사람이 쓰이거나 쓰이지 못함을 올바르지 않다고 여겼다. 그런 일이 없는 세상이 좋은 세상이었다. 아직 오지 않은 그 세상을 글로 그린 작품이 『홍길동전』이다. 꼭 그 소설 때문은 아니겠지만, 시간은 흘러 실제 그런 세상이 오게 되었다.

물론 우리가 세상을 바꿀 만한 작품을 써야만 하는 것은 아니다. 그러나 글을 씀으로써 자기가 처한 현실이 왜 잘못되었는지는 선명히 이해할 수 있다. 그러면 자신이 왜 분노하고 있는지도 정리가 된다. 정리된 분노는 우리를 앞으로 나아가게 하는 힘이다. 그러니 앞으로 나아가기로 결심했다면 글을 써보라. 그러면 현실을 극복할 기회를 얻을 수 있다.

4. 해결

    학생들에게 권하지만 절대 하지 않는 것이 몇 가지 있다. 그중 하나가 '종이에 적기' 다. 사람들은 노력을 많이 하면 그걸로 되었다고 생각한다. 착각이다. 무익한 노력만큼 답답한 것도 없다. 아무리 고민을 많이 해도 한 발짝도 나아가지 못했다면, 아무 의미가 없다는 말이다.

    고민은 왜 하는가? 분명한 해결책을 몰라서다. 오늘은 이게 나아 보였는데, 내일이 되면 또 어떻게 달라질지 모른다. 헷갈리면 처음부터 다시 고민해야 한다. 그런 일이 반복되면 지치게 된다. 그런 상황을 막으려면 문제를 종이에 적고, 해결 방안을 쭉 써본다. 각 해결 방안에는 그에 따른 이유를 3가지씩 찾아 적으면 된다. 예를 들어 용돈을 모아 노트북을 산다고 생각해 보자. A사와 B사의 노트북 중 무엇을 선택할지 결정해야 한다. A사는 대기업이다. 그러니 제품 가격이 비싸다. 하지만 디자인이 훌륭하고 들고 다니기에 가

법다. 성능도 우수하다. 반면 B사는 중소기업이다. 가격대 성능비는 A사보다 낮다. 가격도 저렴하다. 다만 모양이 투박하다. 무게는 A사 제품보다 더 나간다. 이를 정리하면 다음과 같다.

A사 제품을 구매해야 하는 이유
1) 가벼워서 들고 다니기 좋음.
2) 디자인이 좋아서 쉽게 질리지 않음.
3) 성능이 우수해서 B사 제품보다 오래 쓸 수 있음.

B사 제품을 구매해야 하는 이유
1) 가격 대비 성능이 우수함.
2) 가격이 저렴해서 당장 나가는 돈이 적음.
3) 가격이 저렴해서 다음 번 노트북 구매를 할 때 부담이 적음.

이렇게 정리하면서 A사와 B사 제품을 비교해본다. 정리 내용을 보면 가격을 많이 고려하고 있음을 확인할 수 있다. 그러면 가격에 초점을 맞춰서 생각하면 된다. 노트북을 자주 바꿀 생각이라면 B가 낫다. 반면 한 번 사서 오래 쓸 생각이라면 A사 제품을 사야 한다. 여기서 생각이 확장된다. 다른 돈 쓸 곳이 당장 있는가? 있으면 B를 사야 한다. 하지만 앞으로의 계획을 알 수 없고, A제품을 꼭 갖고 싶다면 전혀 다른 방향에서 생각해 봐야 한다. 예를 들면 A사의 원하는 모델을 중고나 리퍼로 구매할 수 있는지 확인하면 된다. 중고 제품이나 리퍼 모델 구매는 누구나 알고 있는 방법이다. 하지만 막상 차분히 적어가며 생각하지 않으면, 갑자기 그 생각이 떠오르진 않는다. 그 결과 좁은 해결 범위 내에서만 답을 찾으려 한다. 그러니 고민의 시간이 길어진다. 게다가 중요한 건 또 있다. 이렇게 적어두지 않으면, 앞서 말한 대로 다음번엔 처음부터 다시 고민해야 한다. 적지 않고 고민만 하면, 나중에는 본인이 고민을 즐기고 있는 건 아닌지 헷갈리는 상황까지 가게 된다.

또 다른 이야기를 하나 하고 싶다. 나는 교사다 보니 학생들에게 비슷한 질문을 자주 받는다. 가장 흔한 질문은 공부 방법이다. 처음에는 나도 열심히 대답해 주었다. 내가 생각하는 가장 좋은 공부 방법에 관해서 열심히 설명했고, 학생들은 의욕적으로 공부하겠다고 다짐했다. 하지만 아무리 감동을 해도, 결국 아무 일도 일어나지 않음을 확인하곤 했다. 이유가 무엇일까? 이론적인 방법을 아는 것과 행하는 것 사이에는 차이가 있기 때문이다. 학생들은 공부하고 싶은 기분을 느끼고 싶을 뿐, 실제 공부하는 상황을 원치 않는다. 성적이 올랐으면 좋겠다고 생각하지만, 실제 성적을 어떻게 올려야 하는지는 생각하지 않는다. 절실하지 않으니, 노력은 평범한 수준이다. 여기서 말하는 평범함은 적당한 시간만큼 공부한다는 의미가 아니다. 제대로 된 방법을 찾으려 하지 않고, 하던 대로 한다는 말이다.

그런 학생들의 반복적 질문을 피할 수 있는 방법은 무엇일까? 공부 방법에 관한 책을 쓰는 것이다. 학생들은 쉽게 답을 구하고 쉽게 잊어버린다. 가치를 모르기 때문이다. 나는 그 사실을 확인했고, 쉽게 답을 구할 수 없도록 장치를 마련했다. 공부 방법에 관한 책을 쓴 것이다. 그래서 그 후로는 이렇게 말할 수 있게 되었다.

"네 질문에 대한 답은 이미 내가 책으로 썼으니까, 필요하면 찾아 봐"

질문하겠다. 학생들이 책을 찾아볼까? 답은 '아니오'다. 역시나 내게 의견을 구하는 학생들은 절실하지 않았음을 확인한다. 나는 그런 학생들을 책으로 걸러낼 수 있다.

학생들이 두 번째로 많이 하는 질문은 글쓰기다. 그중에서도 자기소개서 쓰기다. 글을 어떻게 써야 하는지를 묻는 학생들에게 나는 매년, 수도 없이 내 방법을 설명해 왔다. 그리고 그 의견은 항상 완벽히 무시되었다. 아무리 방법을 알려줘도, 결국 자기 하고 싶은 대로 한다. 자기 버릇을 내려놓지 못하기 때문이다. 나는 이를 '관성의 법칙'이라 부른다. 그리고 그 관성을 이기지 못하는 99%의 학생들은 끊임없이 나나 담임교사, 혹은 다른 국어 교사를 괴롭힌다. 고쳐오라고 지적한 것들을 한 번에 깔끔하게 고쳐오는 학생은 없다. 그보다는 찔끔찔끔, 하나씩 개선하는 경우가 대부분이다. 시간 여유가 있을 때 차분히 가르치면 좀 나을까 싶기도 했다. 그래서 2학년 때 미리 가르쳐 보았다. 결과는 좋지 못했다. 3학년이 되면 어김없이 기존 방식으로 돌아갔기 때문이다.

어찌됐든 이제 나는 글쓰기에 대해서도 공부법과 같은 이야기를 할 수 있게 되었다. 답이 필요하면 책을 찾아보라고 할 수 있게 되었다는 말이다. 인간미 없다고 생각할지도 모르겠다. 확실히 그럴지도 모른다. 그래도 나는 효율적인 게 좋다. 매번 같은 질문에 같은 대답만 하고 있을 수는 없다. 그러기엔 내 일이 너무 많다. 무엇보다 매번 나는 설명하고 상대는 실천하지 않는 일방적 말하기가 무슨 의미가 있겠는가. 그래서 매번 수백 페이지를 썼다 지웠다 하며 힘들게 책을 쓴다. 고생스럽긴 하지만, 한 번 기록으로 남겨두면 평생 써먹을 수 있기 때문이다.

문제 해결을 위해 노력하고 싶다면, 당연히 방법을 찾아야 한다. 그게 실천이다. 아쉽지만 아이든 어른이든, 해결책을 찾으려고 노력하는 사람은 소수다. 그보다는 불평부터 하는 사람을 찾기가 훨씬 쉽다. 나는 그런 사람들에게 내 곁을 내주고 싶진 않다.

당신은 어떤가? 글을 쓰거나 남의 글을 읽음으로써 인생 고민을 해결할 준비가 되어 있는가? 정말로 시도해 볼 생각인가? 그렇다면 이 책은 당신에게 도움이 된다. 하지만 그게 아니라면, 그래서 이 책을 덮고도 실천하지 않는다면, 안타깝지만 아무 의미 없는 시간 낭비로 끝난다. 그러니 글을 쓰고 자주 읽어보라. 당신의 문제가 해결될 수 있도록.

5. 생각, 얼마나 하는가?

1) 생각하지 않음, 그 자체로 죄다

생각하지 않는 존재는 그 자체로 위험하다. 나는 그 사실을 구본형 작가의 책, 『구본형의 신화 읽는 시간』으로 배웠다. 그에 따르면 기술자들은 자신이 만든 물건이 어디 쓰일지 생각하지 않는다고 한다. 주문 받아 제작된 물건이 어떻게 쓰일 것인지는 그 물건의 주인이 알아서 할 일이라 생각한다는 것이다. 그리고 생각 없는 인물의 첫 번째 예로 핵을 이용한 대량살상무기를 만든 로버트 오펜하이머 (Robert Oppenheimer)를 든다. 그리고 그의 말을 인용한다.

"무언가 매력적인 기술이 눈에 띄면, 우리는 일단 거기에 달려들어 일을 벌인다. 그 기술이 성공한 다음에야 그것으로 무엇을 할 수 있을지 따져본다. 원자폭탄도 이렇게 만들어졌다."

그가 두 번째로 든 예는 스티브 잡스였다. 마치 판도라가 금단의 마음상자를 열어 모든 죄악을 이 세상에 뿌리듯, 그도 스마트폰을 만들어 세상에 뿌림으로써 '생각 없음'을 인류에 선물했다는 것이다. 기억하려 하지 않고 모든 것을 이 작은 기계에 묻고, 아무 생각이 없어서 친구를 왕따시키며, 그 친구가 겪을 고통을 생각지 못하는 것, 다시 말해 친구를 생각 없음으로 희생시키고, 자신도 그 생각 없음 속에서 희생되는 것, 이 모든 문제는 결국 생각하는 힘을 빼앗겼기 때문이라는 것이다. 그리고 스스로 생각할 수 있는 힘을 되찾아주지 못한다면, 그 자체로 악이 평범한 일상을 덮어버릴 거라고도 말한다.

세 번째 예로 든 인물은 카를 아돌프 아이히만(Karl Adolf Eichmann)이다. 그는 제2차 세계대전의 전범이었으며, 유태인을 대량 학살했던 인물이다. 당시 그의 직급은 중령이었고, 중간 관리자급 장교에 지나지 않았다. 히틀러를 대면한 심복도 아니고, 그가 기억할 만한 인물도 아니었으며, 히틀러의 저서 『나의 투쟁』을 읽은 것도 아니었다. 아이히만의 재판 과정을 책으로 풀어낸 한나 아렌트(Hannah Arendt)는 그가 지극히 평범하고 성실한 사람이었으며, 그의 특징은 '생각 없음'이라고 표현했다. 그리고 유명한 한마디를 남긴다. "우리 안에 아이히만이 있다. 이것이 '악의 평범성'이다."

2) 생각하지 않음, 우리 주변에도 있다

'악의 평범성'은 무엇인가? 구본형 작가는 이렇게 대답한다.

'악의 평범성', 그것은 바로 '생각하지 않는 죄'에서 비롯된다. 시키는 일을 그저 따르는 자들, 그들은 자신이 무슨 짓을 했는지 기억하지도 생각하지도 않는다.

우리 삶 속에 악의 평범성이 있다. 세월호 사건은 국가가 재난 상태에 올바르게 대처하지 못해 일어난 사고였다. 분명 구조될 수 있었는데도 300명이 넘게 죽은 사고를 단순히 '교통사고'라고 이야기할 수는 없다. 사람이 죽은 상황에서도 인간을 오뎅으로 비유하고, 자신이 올린 글 때문에 잡혀갈까 아닐까만 걱정하는 이들의 졸렬함은 생각 없음에서 비롯된 것이다. 광주 민주화 운동을 가리켜 '북한군이 개입한 폭동이자 난동'으로 규정하고, 이에 대한 진압을 정당화함으로써 살아남은 이들에게 다시 폭력을 가하는 것, 그 역시 생각 없음에서 비롯된 것이다. 박근혜 씨 아래에서 충실히 복무하던 고위 공직자들은 하나 같이 '기억이 안 난다'와 더불어 '우리는 시키는 대로만 했을 뿐이다'라고 이야기했다. 이 역시 자신들이 맡은 공적 책무의 의미가 무엇인지 생각하지 않음으로써 빚어진 일이다.

생각하지 않는 존재는 유해하다. 그들은 생각을 거부함으로써 자신들의 반대편에 있는 이들에게 종북, 좌빨, 빨갱이라는 단어를 서슴없이 내뱉으며, 오직 자신들만이 정의라고 부르짖는다. 자신들은 국가 수호를 위해 애쓰는 존재이므로, 지상 최대 가치는 '애국'이고, 오직 그들 자신만이 애국자라고 주장한다. 보수를 참칭하는 이들이, 즐겨 '애국'이라는 단어를 사용하는 이유가 거기에 있다. 생각하지 않고 나의 사사로운 이익을 전체를 위한 공익으로 포장하며, '어디 나만 그런가? 다들 그러고 사는 거야'라고 아무렇지 않게 말하는 피장파장의 오류를 범하는 이들은, 그 자체로 공동체에 해가 된다. 생각 없음, 그것은 나의 인간으로서의 가치를 바닥에 패대기쳐 버리는 행위이며, 공동체에 소속된 다른 이가 나와 같이 피와 살과 뼈로 되어 있음을 부정하는 것이다. 올바른 생각을 갖는다는 것, 그것은 해도 좋고 안 해도 좋은 것이 아니다. 그것은 사람이 사람답게 살아가는 가장 중요한 요건 중 하나이기 때문이다. 생각할 수 있을 때, 우리는 다른 이에게 공감할 수 있다.

3) 생각, 잡념이 아니다

생각은 잡념이 아니다. 잡념은 우리가 아침에 일어나서 하루 종일 머릿속을 떠도는 것이다. 예를 들면 이렇다. '아, 벌써 6시 반이

네. 일어나서 대충 씻고 옷 입고 밥 먹어야지. 어제 숙제는 뭐 있더라, 아참, 방탄소년단 콘서트 예매해야 하는데, 할 수 있을까? 어제 예진이한테 빌린 돈이 얼마였더라? 이런, 20분 남았다, 빨리 안 가면 지각이다'

머릿속의 잡념은 꼬리에 꼬리를 물고 다닌다. 결코 멈추는 법이 없다. 그래서 의도적으로 잡념을 비우기 위해 노력해야 한다. 그렇지 않으면 우리의 정신은 지친다. 그래서 잡념은 없을수록 좋다. 반면 생각은 다르다. 생각은 정신 에너지를 몰두할 수 있는 단 한 가지의 확고한 무언가다. 불교에서는 이를 화두(話頭)라고 한다. 그것은 흔들리지 않으며, 관련성이 없는 것으로 건너뛰지 않는다.

또한 우리는 흔히 누군가를 가리켜 생각이 '있다', 혹은 '없다'고 말한다. 이는 그가 세상을 바라보는 자신만의 올바른 기준과 방식을 가졌는지 아닌지를 의미한다. 이는 남의 입장을 헤아릴 수 있는 역지사지의 능력이 있는지 아닌지를 이야기하는 것이기도 하다.

그러면 이런 생각하는 능력은 어떻게 나올까? 책을 읽거나 다른 이에게 배움으로써 가능하다. 그러나 그것에만 머무르면, 나의 생각을 키우는 데 한계가 있다. 이것은 수영을 배우는 것과도 같다. 수영장 밖에서 아무리 이론으로 수영을 배워도 실력은 늘지 않는다. 오직 물에 뛰어들 때만 수영 실력이 는다. 생각도 마찬가지다. 스스로의 생각을 만드는 일은, 그것을 표현함으로써 보다 잘할 수 있다. 눈에 보이는 형태로 나의 생각을 풀어낼 때, 우리는 '표현한 다'고 말한다. 표현하고 남의 생각을 받아들일 때, 나의 생각은 수정되고 확장된다. 그러면서 보편적이고 올바른 생각을 갖게 된다. 글쓰기는 그것을 가능하게 하는 좋은 방법이다.

3장
글쓰기의 기술

1. 좋은 글의 4가지 조건

1) 쉽게

글은 왜 쓰는가? 표현하기 위해서다. 무엇을 표현하는가? 내 생각과 감정이다. 쉬울까? 그렇지 않다. 생각은커녕 감정 표현부터 쉽지 않다. 학생들이 기분 나쁠 때 할 수 있는 거의 유일한 단어, 그것은 '짜증나'다. 그 외 다른 표현은 배워본 적이 없는 것처럼 군다. 화가 난다, 억울하다, 질투난다, 치사하다 등 표현할 수 있는 말이 많을 텐데, 그런 말은 좀처럼 쓰지 않는다. 우리의 글쓰기는 바로 여기에서 출발해야 한다. 자기감정을 표현하는 법도 온전히 배우지 못한 이 현실이 우리의 출발점이다.

자기감정 표현조차 어려워하면서, 학생들은 어렵게 써야 좋은 글이라고 생각한다. 착각이다. 글은 상황을 정확히 파악하고 전달할 수 있으면 된다. 그래야 남을 이해시킬 수 있다. 그러려면 어려워야 좋을까, 쉬워야 좋을까? 당연히 쉬워야 좋다. 어려운 글은 고등학교 2학년이 되어야 이해할 수 있다. 쉬운 글은 초등학교 2학년만 되어도 이해할 수 있다. 어느 쪽이 사람 숫자가 많겠는가? 많은 사람들을 이해시키려면, 글은 무조건 쉬워야 한다.

글이 쉽지 않으면 읽는 사람은 화가 나기도 한다. '내가 무식해서 문제구나, 더 열심히 공부해야지'라고 생각하는 독자는 아무도 없다. 어려운 글을 읽을 때 독자가 갖는 생각은 이것이다. '뭐 어쩌란 말이야?'

학생들의 글을 받아볼 때가 있다. 주로 독서감상문, 체험학습 보고서, 소감문이다. 읽다 보면 남다름을 추구하려다 과장된 표현, 어울리지 않는 표현을 남발하는 경우를 본다. 자주 있는 경우는 아니지만, 경험상 매년 한 학년에 한두 명이 그렇게 쓴다. 그럴 때는 마음이 편하지 않다. 그러면 더 이상 심사하지 않고 다음 글로 넘어간다. 수행평가면 최하점을 준다. 왜 그런 글에 거부감을 느낄까? 자아도취이기 때문이다. 앞서도 말했지만, 생각을 표현할 때에는 자아도취하면 안 된다. 그러면 어려운 글이 나온다. 내 문장은 멋있어야 하고, 내 글은 수준 있어야 하며, 그러기 위해서는 한자도 적당히 섞어 줘야 한다. 아는 게 부족해 걱정이라 인터넷을 뒤지고 명문을 훔친다. 그리고 어떻게든 그걸 내 글에 넣어보려 애쓴다. 그러면 산만하고 읽기 싫은 글만 나온다. 메시지는 사라지고 허세만 남는다. 그런 글은 아무도 안 읽는다.

글은 뜻만 전달하면 그만이다. 그러니 복잡한 표현이나 수식어는 필요 없다. '우리집 개는 마스티프 종으로 매우 사나운 성격을 갖고 있습니다. 공격적 성향이 강하니 개의 주의를 끌지 마십시오' 같은 표현은 필요 없다. 그냥 '개조심'이라고 써라.

자아도취하지 않는데도 글을 어렵게 쓰는 사람이 있다. 게으른 경우가 그렇다. 쉽다는 건 상대를 배려해 한 번에 이해할 수 있게 쓴다는 뜻이다. 이해가 안 되어 몇 번이고 다시 읽어야 하면 잘 쓴 글이 아니다. 관련 정보를 일일이 찾아봐야 하는 글도 좋은 글이 아니다. 그래서 쉬운 글은 쓰기 어렵다. 내 생각을 내 수준으로 쓰는 일이 아니기 때문이다. 내 수준이 아니라 초등학생인 내 동생도 이해할 수준으로 쓰려니 어려운 것이다. 그래도 그렇게 써야 한다. 그게 배려이기 때문이다.

중등 교사는 중학생과 고등학생을 모두 가르칠 수 있다. 경험상 고등학생보다 중학생 수업이 어려웠다. 고등학생은 내 수준에 가깝게 설명해도 되지만, 중학생은 그럴 수 없기 때문이다. 내 수준으로 설명하면 아무리 열심히 해도, 학생들은 받아들이지 못한다. 그러니 상대방 수준에 맞게 어떻게 표현할까 고민해야 한다. 그게 중학생을 가르칠 때 내 수업 준비의 전부였다. 그 고민을 안 하면, 아무리 열심히 수업했어도 좋은 수업이 아니다. 글도 그렇다. 아무리 열심히 썼어도, 상대가 이해하지 못하면 의미가 없다.

몇 번이고 되풀이해서 말하겠다. 글은 생각을 전달하기 위해 쓴다. 그런 노력이 소통을 위한 노력이다. 소통은 대상을 필요로 한다. 대상을 생각하지 않으면, 대화가 아니라 독백으로 끝난다.

2) 짧게

앞에서 '우리집 개는 성격이 포악합니다' 대신 '개조심'으로 끝내면 된다고 했다. 이게 글의 경제성이다. 같은 말도 짧고 간단하게 하려 노력해야 한다. 글은 쉽게 이해되게 써야 한다. 그러니 필요하면 좀 길더라도 쉽게 쓰는 편이 맞다. 거기서 더 능숙해지면 짧으면서도 쉽게 쓸 수 있다. 그 단계가 우리 목표다.

① 단문

글은 문장으로 이루어진다. 그러니 글을 짧게 하려면 문장부터 짧게 해야 한다. 어떻게 해야 할까? 주어와 접속어, 일부 조사, 수식어를 생략함으로써 가능하다.

② 주어

먼저 주어를 살펴보자. 다음 문장을 보라.

철수 : 너는 밥 먹었어?
영희 : 아니, 나는 안 먹었어.

뭔가 이상하지 않은가? 주어 때문이다. 위 대화는 주어가 그대로 드러나 있다. 하지만 우리는 이렇게 말하지 않는다. 상대를 바라보며 물어보기에 굳이 '너' 라는 표현을 쓸 필요가 없어서다. 마찬가지로 위 대화에서 밥을 먹고 안 먹고의 문제는 영희 입장에서 '나' 와 관련된 문제임이 확실하다. 그래서 '나' 라는 주어 역시 쓰지 않는다. 우리말에서 주어를 생략하는 이유는, 주체가 확실하면 굳이 그걸 확인할 필요가 없다고 보기 때문이다. 그래서 대화는 다음과 같이 진행된다.

철수 : 밥 먹었어?
영희 : 아니, 안 먹었어.

위 대화가 처음보다 자연스럽다. 우리말은 불필요하면 빼기 때문이다. 말할 때는 누구나 이렇게 한다. 하지만 쓸 때는 다르다. 말하는 사람이 나여도, 굳이 '나'라는 표현을 넣고 싶어 한다. 눈앞에 상대방이 없어서 불안하기 때문이다.

나는 오늘 학교가 끝나고 집에 와서 책을 읽었다. 10페이지도 못 봤는데 민수가 와서 놀자고 해서 밖으로 나갔다.

혹시 초등학생 때 일기를 이렇게 쓰지는 않았는가? 초등학생들은 일기를 쓸 때, '나'라는 주어를 꼭 넣는다. 일기는 내가 겪은 일을 쓴 글이다. 어차피 상황 속 주어는 대개 '나'다. 그 사실을 이해하면서도, 훈련되지 않아 주어를 빠짐없이 쓴다. 반면 책을 읽고 글을 쓰는 데 익숙하면 초등학생이라도 주어를 쓰지 않는다. 글을 자주 보고 접하면서, 주어 생략이 더 자연스럽다는 사실을 배우기 때문이다. 하지만 그런 경우는 일부다. 또한 이는 초등학생만의 문제도 아니다. 중고등학생이 되어도 글 쓸 때 주어 생략을 안 하는 경우를 자주 본다.

비 오는 날이었다. (나는) 서점에 가야 해서 우산을 챙겨 나갔다. 집을 나서서 길을 가다가 지혜를 만났다. 지혜도 나처럼 문제집을 사러 가는 모양이었다. 같이 서점에 도착했다. 지혜는 수학 문제집을 고르는 데 어려움을 겪고 있었다. 나에게 어떤 게 더 좋아 보이냐고 자꾸 물었다. (나는) A 회사의 문제집이 더 쉬우니, 그것부터 풀어보는 게 어떠냐고 말했다.

10문장도 안 되는 짧은 글이다. 생략해도 될 주어가 두 번 쓰였다. 괄호 안에 있는 부분이 그렇다. 쓰지 않아도 되면 안 쓰는 게 좋다. 그래야 읽을 때 속도가 붙고, 리듬이 생긴다. 처음부터 마라톤을 뛸 수 있는 사람은 없다. 하지만 50m 달리기는 누구나 할 수 있다. 거리가 짧아 부담이 적기 때문이다. 긴 문장은 독자에게 마라톤을 강요한다. 호흡은 길고 이해는 어렵다. 독자를 고문할 생각이 아니라면, 문장은 짧아야 한다. 문장을 가장 쉽게 다이어트 하는 방법이 이것이다. 불필요한 주어 없애기.

③ 접속어

앞 내용과 뒷 내용을 이어주는 말이 접속어다. 자연스럽게 이어주기도 하고, 반전이 일어나게 하기도 한다. 요약해주기도 하며, 화제 전환을 알리기도 한다. 순서대로 보면 순접, 역접, 환언, 전환의 기능이다. 접속어를 쓰면 독자가 이해하기 쉽다. 그러나 남발하면 글이 딱딱해지고 권위적인 느낌을 준다. 특히 전환과 관련된 말들은 더욱 그렇다. '한편', '아무튼'과 같은 표현은 독자를 배려하는 느낌을 주지 못한다. 강제로 이야기의 흐름을 바꾸는 느낌을 주어서다. 이리 되면 글 쓰는 사람이 읽는 사람을 끌고 가려는 인상을 준다. 자연스럽게 글을 전개해서 독자가 따라올 수 있게 배려해야 한다. 그렇지 않으면 길 대신 절벽으로 인도하고, 나만 반대쪽에서 뛰어 넘어오라고 외치는 것과 같다. 독자 입장이 어떻게 되겠는가.

접속어는 길을 갈 때 표지 역할을 한다. 표지가 있으면 길 찾기가 쉽지만, 너무 많으면 도리어 헷갈린다. 처음 가는 지하철역 내부를 떠올려 보라. 길안내가 없어서가 아니라, 너무 많아 헷갈린다. 그러면 확신이 없어 왔던 길도 돌아간다. 배려할 줄 아는 사람은 불필요한 표지를 남발하지 않는다. 강제로 끌고 가지도 않는다.

④ 연결 어미

문장이 길어지는 세 번째 이유는 연결 어미에 있다. 다음을 살펴보자.

비가 와서 길이 질다.

위 문장은 둘로 나눌 수 있다. '비가 왔다'와 '길이 질다'로 나누면 된다. 문장을 쪼개는 훈련이 되지 않은 사람은 문장 하나하나가

길다. 앞서 마라톤 코스 대신 50m짜리 트랙을 준비해야 한다고 했다. 문장을 짧게 나누는 일도 거기 속한다. 사실 위 문장은 비교적 짧아 나눌 필요성을 느끼기 어렵다. 그럼 다음은 어떨까?

　　주말이라 늦잠 자고 일어나니 밥 먹을 시간을 훨씬 지났다. 일어나서 대충 씻고 밥을 차리기 귀찮아 라면을 끓이려고 했는데 아쉽게도 라면이 없었다. 배는 고파오는데 어떻게 해야 하나 생각하다가 다시 냉장고를 열었더니 거기에도 먹을 것이 별로 없었다. 계란이라도 있으면 뭐라도 해볼 텐데 그것도 없어서 그냥 중국 음식점에 전화하기로 했다.

　　대개의 학생들이 글을 이렇게 쓴다. 생각나는 대로 그냥 쓰고 고치지 않으면 이런 미완성의 글이 나온다. 여기서 미완성이라 함은 문장을 나누지 않았다는 말이다. 4개의 문장 같지만 실제로는 더 작은 단위로 나눠야 한다. 그러면 아래와 같은 모습이 된다.

　　주말이라 늦잠을 잤다. 일어나 보니 밥 먹을 시간이 훨씬 지났다. 일어나서 대충 씻고 나왔다. 밥을 차리기 귀찮아 라면을 끓이려 했다. 그런데 아쉽게도 라면이 떨어졌다. 배는 고파오는데 어떻게 해야 하나 생각했다. 냉장고를 열었더니 거기에도 먹을 것이 별로 없었다. 계란이라도 있으면 뭐라도 해볼 생각이었다. 하지만 그것도 없어서 그냥 중국 음식점에 전화하기로 했다.

소리 내어 읽어보면 단문이 편하다. 마침표가 자주 보이기 때문이다. 마침표는 문장에서 목적지를 말한다. 중간 목적지에 도착하면 다음 목적지까지 힘을 내서 갈 수 있다. 그런 식으로 가다 보면 최종 목적지가 나타난다. 거기가 글이 끝나는 곳이다. 그런데 중간 목적지가 없으면 어떻게 될까? 불안하다. 지금 가는 이 길이 제대로 된 길인지 알 수가 없어서다. 도대체 어디까지 가야 하는지도 모른다. 그러면 그 여행은 실패로 끝난다.

단문을 쉽게 쓰는 요령은 없을까? 유시민 작가는 그에 대한 답을 이렇게 설명한다. 한 문장에 하나의 생각만 담으면 저절로 단문이 된다고. 옳은 말이다. 이도 저도 아닌 생각을 끝도 없이 늘어놓으니 복문이 된다. 글의 분량이 3천 자가 되고 5천 자가 되면 가독성은 더욱 중요해진다. 이해가 안 되면 앞으로 돌아가 다시 읽어야 하기 때문이다. 국어 비문학 영역 지문을 읽을 때를 생각해 보라. 이해가 안 되어 놓친 부분이 있는지 겁이 난다. 그러니 몇 번이고 다시 읽는다. 샤프로 꾹꾹 눌러 밑줄을 그어가며 말이다. 그런 과정이 반복되면 2천 자짜리 수능 지문이 2만 자로 느껴진다. 더 심하면 읽기를 포기한다.

⑤ 조사

조사 '의'는 대개 불필요하다(이 부분은 박종인 기자의 견해를 참고했다). 뒤에서 설명하겠지만, 읽을 때 리듬을 파괴하는 원인이 되기도 한다. 말과 글은 최대한 일치시켜야 한다. 그러니 소리 내어 읽기 불편하면 잘못 쓴 글이다. 조사 '의'가 그런 불편함을 초래한다. 왜 그런지 다음 문장을 보자.

철수 : 그 옷은 누구 거니?
영희 : 이 옷은 민정이의 것이야.

영희의 대답을 살펴보라. 뭔가 어색하다. 아무도 이렇게 이야기하지 않기 때문이다. '의'는 관형격 조사로 소유의 개념과 관련된다. 그러니 의미로만 따지면 틀렸다고 말할 수 없다. 다만 어색하다는 말이다. '의'라는 표현을 자주 쓰지 않는 이유가 있다. 그 말이 빠져도 이해가 되기 때문이다. 이해할 수 있으면 생략하는 게 우리말의 특징이다. 그래서 이렇게 말한다.

철수 : 그 옷은 누구 거니?
영희 : 이 옷은 민정이 거야.

조사 중 '의'는 가장 많이 생략할 수 있다. 그 외에 다른 조사도 빼면 읽기가 수월한 경우가 있다. 가령 목적격 조사 '을'의 경우가 그러하다.

1. 밥을 먹고 일어나서 양치질을 했다.
2. 밥 먹고 일어나서 양치질 했다.

위 두 문장을 소리 내서 읽어 보라. 어느 쪽이 편한가? 두 번째다. 1번과 2번 예문의 차이는 오직 두 글자뿐이다. 조사 '을'이 빠져 글자 수가 두 자 줄었다. 두 자는 별 것 아닌 것 같지만, 실상은 그렇지 않다. 발음하기 더 좋기 때문이다. 글자 수가 줄면 리듬이 생기기 쉽다. 발음하기 좋은 까닭은 리듬감 때문이다. 리듬감이 있는 글이 좋은 글이다. 그런 글이 독자를 편하게 하기에 그렇다.

⑥ 수식어

마지막 다섯 번째는 수식어다. 수식어란 꾸며 주는 말을 뜻한다. 수식어가 많으면 번잡스럽다. 거기에 더해 글 쓴 사람 품위도 떨어진다. '꽃이 예쁘다'고 쓰면 된다. '꽃이 너무너무 예쁘다'고 쓸 필요 없다. 그러면 호들갑 떠는 느낌을 준다. 수식어를 쳐내는 과정이 간결한 문장 만들기의 최종 단계다. 왜 그런가? 수식어 제거는 자기 자신과의 싸움이기 때문이다. 수식어는 글 쓴 사람이 불안해서 자꾸 넣는다. 내 뜻이 상대에게 온전히 닿지 않을까 봐 넣는 게 수식어다. 그냥 예쁘다고 하면 얼마나 예쁜지 전달이 안 될까 봐 요란을 떤다. 그래서 '너무너무' 예쁘다고 말하고, '매우매우' 기쁘다고 쓴다. 그건 효과가 없다. 가령 내가 예쁜 꽃을 보았고, 그 꽃을 자세히 이야기하고 싶다고 생각해 보자. 그러면 꽃잎이 무슨 색인지, 크기는 어떤지, 어떤 향을 풍기는지 설명해야 한다. '너무너무'라는 한 단어로 퉁 치려 들지 마라. 그러면 독자는 성의가 없다고 느낀다. 누구나 자신을 정성껏 대하는 사람에게 호의를 베푼다.

게다가 문제는 또 있다. '너무너무 예쁘다'고 하면 독자는 강요받는다고 생각한다. '내 눈엔 예쁜데, 너도 그렇지?'와 같은 느낌을 주면 이미 실패다. 생각을 강요하면 긴장감이 풀리고 흥미가 사라진다. 독자가 자발적으로 내 뜻을 탐색할 수 있도록 해야 한다. 그래야 흥미진진해진다. 그러면 글 읽기도 게임이 된다. 그렇지 않으면 설득력도, 재미도 없다.

말로 하면 쉽지만, 실제 해보면 쉽지 않다. 글을 써보면 마지막에 수식어를 지운다는 게 생각보다 어렵다는 사실을 깨닫는다. 내가 쓴 글을 앞에 두고 번뇌가 생긴다. 정말 이 표현을 지워도 되는지, 의미가 달라지진 않는지, 관습에서 지나치게 벗어난 표현은 아닌지, 온갖 걱정을 다하게 된다. 그래도 수식어는 과감하게 쳐내야 한다. 원칙은 단순해서 원칙이다. 예외를 두면 원칙이 흔들린다. '이건 좀 놔 둬 볼까?' 와 같은 생각은 하지 마라. 그냥 지워라. 처음에는 그래야 한다. 실력이 쌓이면 살려도 되는 수식어가 무엇인지 깨닫는다.

이상의 다섯 가지가 내가 생각하는 문장을 짧게 쓰는 요령이다. 긴 글을 쓰지 말라는 게 아니다. 번잡하게 쓰지 말라는 뜻이다. 기초 체력이 좋아지면 긴 글도 잘 쓸 수 있다. 그러려면 문장을 짧게 쓰는 훈련부터 해야 한다. 번잡하면 독자는 읽지 않는다. 독자는 이해심이 없고, 늘 바쁘다. 그러니 길고 화려하게 쓰려 할 필요 없다. 문장이 짧다고 유치한 게 아니다. 생각이 유치하면 문장이 길어도 유치하다.

3) 재미있게

잠시 수업 시간을 떠올려 보자. 교사들은 앞에서 열심히 설명한다. 목이 터져라 외치고, 반복하고, 밑줄 긋게 한다. 한편에선 학생들이 잔다. 물론 학생들도 수업 시간에 자면 안 된다는 걸 안다. 그런데도 잔다. 왜일까? 수업 내용이 수능에 안 나와서? 그래서 의미가 없어서? 아니다. 재미가 없어서다.

또 다른 예를 하나 들겠다. 의미로 치자면 2018년 상반기 국내에서 있었던 가장 중요한 글은 무엇이었을까? 내 생각엔 박근혜 씨 탄핵 관련 1심 판결문이다. 이 판결문은 무려 1시간 반 동안 낭독되었다. 법적으로 다퉈야 할 사안이 그만큼 많았기 때문이다. 그런데 이 중요한 글을 모든 사람이 하나하나 찾아볼까? 그렇지 않다. 대개는 뉴스나 신문을 통해 결론만 듣는다. 재미는 원하지만, 의미와 쟁점 사안을 샅샅이 살필 생각은 없기 때문이다. 사람들은 자기 일이 제일 중요하고, 자기 일이 제일 재미있다. 그래서 남의 일엔 관심이 없다. 그러니 남이 하는 일은 어지간히 재미있는 게 아니면 안 쳐다본다.

지금껏 읽은 책을 떠올려 보자. 어떤 책이 가장 마음에 남는가? 재미있고 감동적인 책이다. 선생님이 읽어보라고 숙제로 내준 책이 가슴 벅찬 기억으로 다가오는가? 그럴 일은 거의 없다. 여기서 알수 있다. 독자에겐 의미 있는 글이 아니라, 재미있는 글이 의미 있게 다가온다. 글이 재미있으면 독자는 어떻게든 의미를 찾아낸다. 심지어 작가도 생각지 못한 의미를 만들어 낸다. 그게 의미의 재구성이다. 한 가지 예를 들어 보자. 노사카 아키유키라는 일본인이 있다. 그가 제2차 세계대전을 배경으로 반전(反戰)소설 『반딧불의 묘』

를 썼는데, 그에 관해 유명한 일화가 있다. 노사카의 딸이 학교에서 국어수업을 받던 도중, 아버지 작품에 관한 이야기가 나왔다고 한다. 당시 선생님이 숙제를 내주었다. 내용은 다음과 같았다.

〈이 작품을 집필했을 당시, 저자의 심경을 대답하라〉

딸은 집에 가서 아버지에게 물었다. 그때 어떤 심정이었느냐고. 그러자 노사카가 이렇게 대답했다고 한다.

"마감에 쫓겨 필사적이었지."

다음 날, 학교에 가서 그대로 답한 딸은 오답 판정을 받았다고 한다.

물론 『반딧불의 묘』는 의미 있는 작품이다. 작가가 원고마감일까지 아무렇게나 쓰겠다고 생각했을 리도 없다. 다만 작가가 쓴 글의 의도와 독자인 학교 선생님의 해석이 일치한다는 보장은 없다. 어쩌면 작가인 노사카 본인보다 독자가 찾아낸 의미가 더 대단할지도 모른다. 무엇보다 의미 없다고 생각했다면 『반딧불의 묘』를 주제로 숙제를 내 줬을 리 없지 않은가. 글이 재미있으면 독자는 모든 것을 좋게 보고 의미를 찾아낸다는 말이 바로 이런 뜻이다. 의미 있는 작품은 독자 마음을 그렇게 움직인다.

왜 많은 사람들이 옳은 소리에 귀를 기울이지 않을까? 재미가 없어서다. 내 경험을 이야기해 보겠다. 전에 몇 번 진보주의 집회에 참여한 적이 있다. 그런데 갈 때마다 재미없음을 느꼈다. 주장하는 내용이 틀려서가 아니다. 그보다는 방식이 문제다. 그들은 머리에 띠를 두르고 목이 터져라 외친다. 그래도 사람들은 안 듣는다. 강의식 수업과 차이가 없다. 아니, 수업보다 조건은 더 나쁘다. 교사는 수업 시간에 학생이 자면 깨울 수 있다. 그리고 내 말을 듣게 할 수 있다. 하지만 거리에서 내 말을 안 듣고 가는 사람을 붙잡을 순 없지 않은가. 상대방이 내 학생이 아니니까.

진보계열 중에서도 가장 진보적인 정치 집단은 정의당이다. 그 당에 노회찬 의원이 있다. 복장은 소박하고, 멋 부릴 줄 모른다. 하지만 '머리에 빨간 띠' 느낌도 아니다. 노회찬 의원이 유명한 것은 재미없고 복잡한 내용을 재미있고 쉽게 말하는 재주 때문이다. 탁월하게 비유와 예시를 잘 든다. 그중 몇 가지를 소개한다.

"한나라당, 민주당 의원님들, 그동안 수고하셨습니다. 이제 퇴장하십시오. 이제 저희가 만들어 가겠습니다. 50년 동안 같은 판에다 삼겹살 구워먹으면 고기가 시꺼매집니다. 판을 갈 때가 왔습니다."

−2004년, KBS 심야토론

"동네에 파출소 생긴다니까 폭력배들, 우범자들이 싫어하는 거나 똑같은 거죠. 모기들이 반대한다고 에프킬라 안 삽니까?"

— 고위공직자범죄수사처 신설에 반대하는 자유한국당 의원들에게

적폐 청소가 정치보복은 아니냐는 질문에

"그렇죠. 청소할 때는 청소를 해야지, 청소하는 게 먼지에 대한 보복이다, 그렇게 얘기하면 됩니까?"

— JTBC 신년토론회에서 패널로 참석한 자유한국당 김성태 의원에게

정의당 의석수는 국회 300석 중 6석에 불과하다. 비율로 따지면 2%다. 이 작은 정당이 나름의 존재감이 있는 이유가 있다. 날카로운 내용을 재미있게 표현할 줄 아는 노회찬 의원 때문이다. 사람들은 그의 말에 공감하고, 그의 말에 귀를 기울인다. 글도 마찬가지다. 글이 재미있으면 사람들은 읽는다. 그게 글을 재미있게 쓰기 위해 노력해야 하는 이유다. 재미있게 쓰기는 독자에 대한 배려다. 옳은 말만 열심히 하고 의기양양해하는 일은, 배려를 모르는 바보나 하는 짓이다.

4) 구체성 있게

글을 쓸 때 중요한 건 상대방의 감정을 끌어낼 수 있느냐다. 『미라이 공업 이야기』를 쓴 야마다 아키오는 "장사란 고객 감동이다. 고객은 감동하면 물건을 사 준다."라고 말했다. 글을 쓰는 것도 장사와 같다. 장사의 목적은 고객의 마음을 움직여 지갑을 열게 하는 데 있다. 글은 독자의 공감을 얻는 게 목적이다. 실용문도 논리적이고 호소력이 있으면 읽는 이가 감동한다. 그렇게 쓰지 않은 글은 아무도 안 읽는다. 그럼 글을 통해 감동은 어떻게 만들 수 있을까? 답은 구체성이다. 이게 앞에서 말한 '재미있게' 쓰는 비결이기도 하다. 그런데 학생들이 쓰는 글의 수준은 대개 이렇다.

오늘은 놀이터에서 놀았다. 참 재미있었다.

묻고 싶다. 위 문장에서 재미가 느껴지는가? 안 느껴진다면 이유가 무엇일까? 구체성이 없기 때문이다. 무엇이, 왜, 어떤 점에서 재미를 주었는지 전혀 알 수 없다. 이런 초등학교 저학년 일기 수준으로 글을 쓰는 고등학생들이 제법 된다. 가령 자기소개서에서 있을 법한 다음 문장을 보자.

제 장점은 공감과 소통 능력이 뛰어나다는 것입니다. 제 인생의 롤 모델은 유재석이며…….

일단 많은 면접관들이 공감과 소통이란 단어를 매우 싫어한다는 점은 제쳐두자. 그리고 롤 모델로 박지성, 김연아, 유재석, 반기문을 싫어한다는 점도. 그 외 위 문장에서 문제점은 무엇일까? 너무나 추상적이라는 점이다. 더 쉽게 말해주겠다. 그냥 뜬구름 잡는 소리다. 이런 말은 우리의 마음을 조금도 움직이지 못한다. 반면 다음 내용을 보자.

저는 사실 어릴 때 저만 아는 사람이었습니다. 왕따를 당한 적도 있었습니다. 저는 저의 어떤 점이 문제인지 전혀 몰랐습니다. 저는 그저 옳은 이야기를 할 뿐인데도, 친구들이 저를 싫어하는 것 같았습니다. 저는 저대로 그런 친구들이 이상하다고 생각하고 있었고 말입니다. 그런데 어느 날, 초등학교 4학년 때 친구 한 명이 저희 반으로 전학을 왔습니다. 그 친구는 말수가 적었는데, 마침 제 옆자리가 비어있어서 제 옆에 앉게 되었습니다.

이런저런 대화를 하다 보니 그 친구에겐 좋은 점이 있음을 알게 되었습니다. 말은 별로 하지 않지만, 대신 저나 다른 친구가 이야기하면 상대방의 이야기를 열심히 들어주는 것이었습니다. 정말로 진지하게 들어주는 태도가 눈에 보였기 때문에, 누구라도 그 친구와 이야기를 하면 기분이 좋아지는 게 눈에 보일 정도였습니다. 저는 그 모습을 보고 이렇게 생각하게 되었습니다. '나도 저 친구처럼 행동하면 다른 친구들과 사이가 좋아질 수 있지 않을까?'

그때부터 저는 그 친구를 흉내 내기 시작했습니다. 저와 다른 생각을 말하는 친구가 있더라도, 일단 꾹 참고 먼저 들으려 노력했습니다. 저와 상대방은 서로 생각이 다를 수 있기 때문입니다. 그래서 제가 친구의 이야기를 먼저 들어주면, 친구도 제 이야기를 잘 들어준다는 사실을 알게 되었습니다. 그런 친구들이 하나둘 늘어나면서, 저와 반 친구들의 사이는 매우 좋아졌습니다. 그 다음 해부터는 제가 반장이 되곤 했는데, 이는 모두 다른 사람의 이야기를 열심히 들어주려는 노력으로 얻은 결과였습니다. 만약 전학 온 친구가 없었더라면, 저는 바뀌지 못했을지도 모릅니다. 돌이켜 보면 그 친구야말로 제 인생 최초의 롤 모델이었던 셈입니다. 그 친구를 통해 제가 배울 수 있었던 건, 공감의 중요성이었습니다.

이 글을 보면 공감과 소통이 어떤 것인지, 내가 그걸 왜 그걸 중요하게 생각하는지가 분명히 드러난다. 이 예를 학생들 앞에서 들려주면 모두 내 이야기인 줄 안다. 구체성이 있기 때문이다. 하지만 나에겐 초등학교 4학년 때 전학 온 친구가 없다. 이 이야기는 언젠가 수업 시간에 글 쓰는 법을 설명하려고, 그 자리에서 바로 만들어

낸 내용이다. 완전히 허구다. 당신의 글에 거짓말을 적어 넣으라는 게 아니다. 말이든 글이든, 호소력은 이런 구체성에서 나온다는 점을 이해해야 한다는 뜻이다. 좋은 글의 핵심은 구체성이다. 구체성이 있으면 사람들은 읽는다. 재미있기 때문이다. 따라서 우리가 글을 쓸 때 해야 할 일은, 나에게는 왜 글을 쓰는 재능이 없는가를 한탄하는 일이 아니다. 그보다는 추상적인 생각에 구체적 근거를 마련하는 일이어야 한다. 좋은 글은 그런 노력에서 나온다.

나는 학생들에게 책상 앞을 벗어나 다양한 경험을 하는 편이 좋다고 이야기한다. 그래야 삶의 구체성이 확보되기 때문이다. 그리고 그런 경험이 있어야 쓸 거리가 생긴다. 정말로 움직이기도 싫고, 시간도 없어서 직접 경험을 할 수 없다면, 최소한 책을 통해 간접 경험이라도 해야 한다. 언젠가 인터넷에서 임승수 씨의 글을 본 적이 있다. 글을 어떻게 써야 하는가에 대해 설명하는 내용이었는데, 그분 역시 글에서 가장 중요한 건 구체성이라고 밝혔다. 그가 인용했던 글을 나 역시 인용하며 마무리한다.

"30초 안에 소설을 잘 쓰는 법을 가르쳐 드리죠. '봄'에 대해 쓰고 싶다면 이번 봄에 무엇을 느꼈는지 말하지 말고 무슨 일을 했는지 말하세요. '사랑'에 대해 쓰지 말고 사랑할 때 연인과 함께 걸었던 길, 먹었던 음식, 봤던 영화에 대해 쓰세요. 감정은 절대로 직접 전달되

지 않는다는 걸 기억하세요. 전달되는 건 오직 우리가 형식적이라고
부를 만한 것뿐이에요.

이러한 사실을 이해한다면 앞으로는 봄에 시간을 내 특정한 꽃을
보러 다니고 애인과 함께 어떤 음식을 먹었는지, 그 맛이 어땠는지,
그날의 날씨는 어땠는지를 기억하려 애쓰세요. 강의 끝."

−김연수, 『우리가 보낸 순간』(마음산책, 2010)

2. 글쓰기와 태도

1) 말과 같이 쓰기

좋은 글은 어떤 글인가? 말하듯 자연스럽게 쓴 글이다. 이는 비속어나 은어를 거리낌 없이 쓰라는 말이 아니다. 그저 단순하게 쓰라는 의미다. 말을 할 때 복잡하고 두서없이 이야기하려고 애쓰는 사람이 있는가? 없다. 조리 있게 말하는 능력이 부족해서 그렇게 말할 수는 있다. 하지만 의도적으로 말을 번잡하게 하려고 하는 사람은 없다. 상대방이 이해하기 어려울 테니 의미도 없다.

글은 뜻만 통하면 그만이다. 그런데 사람들은 반대로 생각한다. 어떻게든 어려워야 권위가 생긴다고 생각한다. 어려운 말을 써야 내 격이 올라간다고 믿기 때문이다. 말과 글은 소통의 수단이다. 세종대왕이 왜 한글 창제를 했나? 백성들과 소통하기 위해서였다. 만약 대한민국 정부에서 모든 공문서를 한자어로 작성하고 알린다고 생각해 보라. 국민들은 그게 무슨 뜻인지 이해할 수 없을 것이다. 한자 병용 문제를 따지고자 함이 아니다. 소통이 가능한가, 불가능한가의 문제라는 말이다. 그런데 우리는 소통의 수단을 소통하기 위해 쓰지 않는 경우가 있다. 글을 계속 쓰다 보면 저절로 그리 된다. 나는 잘나진 않았어도 못나 보이진 않아야 하고, 글을 쓰는 사람답게 뭔가 우월해야 하기 때문이다. 지금은 아니라고 할지 모른다. 글 좀 쓴다는 소리 듣다 보면 저절로 그리 된다. 우리가 어찌할 수 없는 사람인지라, 누구나 그 단계를 거쳐 간다. 박종인 기자가 이를 재치 있게 표현했다.

> 마찬가지로 나 글 좀 쓰네 하는 순간에 글에 현학이 들어가고 글이 어려워진다. 그리고 스스로 읽으면서 나는 어쩌면 이렇게 글을 잘 쓸까 생각하게 된다. 그러한 당신을 보고 고수들이 웃는다. 너 조금만 있어봐. 선생이라면 혼을 내고 친한 독자라면 비웃고 조금 통이 큰 사람이라면 기다려준다. 좋은 글은 자연스럽게 쉬운 글로 모인다.
>
> 박종인, 『기자의 글쓰기』

이런 생각은 나나 박종인 기자만 하는 것은 아닌 모양이다. 다른 사람들도 비슷한 견해를 내놨다.

말이나 글은 뜻을 전달하면 그만이다. -공자

문장은 꾸밀 필요가 없다. 펜 가는 대로 써라. -사르트르

문이졸진文以拙進, 글은 졸함으로써 나아간다. -홍자성

분명하게 글을 쓰면 독자가 모인다. -알베르 카뮈

문이사의文以寫意, 글이란 뜻을 나타내면 그만이다. -연암 박지원

문장의 제1요건은 명료함이다. -아리스토텔레스

-김병완,『김병완의 책쓰기 혁명』

당신의 생각은 어떤가? 글이 정말 허영이고 허세여야겠는가?

2) 근거 마련하기

얼마 전에 있었던 일이다. 학교에서 특별 프로그램을 맡아달라는 교장 선생님 부탁이 있어서 운영 계획서를 짰다. 교육청에서 내려온 예산이 적어 10명 이하로 수업할 계획으로 결재를 올렸다. 그런데 위에서 인원이 너무 적다며 늘렸으면 좋겠다는 말씀이 있었다. 예산 부족으로 불가능하다는 말씀을 드리자, 학교 자체 예산으로 좀 더 지원해 줄 테니 인원을 늘려 보자고 했다. 교장실을 나와 교감 선생님께 예산 지원을 요청했는데, 단박에 거절당했다. '그냥 있는 예산으로 해'라는 말에 내가 한 대답은 간단했다. "그럼 안 하겠습

니다."

　솔직히 말하자면, 기분이 좋진 않았다. 계획서는 이미 나왔는데 다른 교사들을 더 포함시키라느니, 수업 계획을 바꿔보라느니 하는 이야기를 들은 상태였기 때문이다. 그런데 정작 예산은 한 푼도 지원해줄 수 없다는 말을 들으니 기분이 좋을 리 없었다. 하지만 아무리 그래도 '싫어요' 한마디만 하면 어린 양 부리는 일이다. 그래서 추가 예산이 필요한 이유를 세 가지를 들어 설명했다. 첫째, 참여 학생을 늘리는 일은 내 뜻이 아니라 교장 선생님 뜻이었다는 점, 둘째, 원래는 예산이 더 필요한데 교장 선생님과 절충해서 100만 원만 지원받기로 했다는 점. 셋째, 앞으로 이 프로그램을 다시는 할 일이 없을 테니, 예산 요구할 일도 없을 거라는 점. 내가 든 근거에 담겨진 속뜻은 이랬다. '교감 선생님이 교장 선생님 설득할 거 아니면, 그냥 돈 주세요'. 결과는 어떻게 되었을까? 3분도 안 돼 추가 예산을 얻어냈다.

　집에 가서 혼자 잠자리에 누워 이불을 걷어차며 '그때 이렇게 말했어야 했는데!'라고 하고 싶지 않다면, 조리 있게 말하는 연습을 해야 한다. 유시민 작가의 표현을 빌리자면, 주장은 취향 고백과는 다르다. '나는 무엇이 좋다'고 말하면 그건 취향 고백이지만, '나는 이러저러하기 때문에 무엇이 좋다'고 말한다면 그건 주장이다. 논리적 근거를 댈 수 있으면 주장이지만, 그렇지 못하다면 취향 고백에 불과하다는 말이다. 그런데 학교에 있다 보면 취향 고백만 하는 학생들이 열에 아홉쯤 된다. '왜 그렇게 생각하는데?' 라고 물어 보면 돌아오는 대답은 둘 중 하나다. '몰라요', 아니면 '그냥요' 다. 하지만 이는 근거 마련이라는 귀찮은 일을 하고 싶지 않다는 뜻에 불과하다. 매사 그런 식으로 근거를 마련하는 '생각하는 일' 을 하지 않으면 어떻게 될까? '그냥 알아서 해' 라는 요구에 '그렇게 할게요…' 와 같이 대답해야 한다.

글쓰기도 마찬가지다. 학생들이 자주 쓰는 표현 중 하나가 '~인 것 같다' 이다. 근거를 마련하지 않았고, 자기 생각에도 내 말이 맞는지 확신할 수 없다. 그래서 이런 표현을 쓴다. 하지만 이런 표현은 원래 정말로 모를 때만 써야 하는 표현이다. '~인 것 같다' 는 표현이 남용되는 이유는 자신의 생각이 올바른지 확신할 수 없거나, 겸손해 보이고 싶기 때문이다. 하지만 자기 생각을 분명히 밝히고, 그에 따른 근거를 마련하는 편이 더 낫다. 그래서 수행 평가 과제 보고서에서 '~인 것 같다' 와 같은 표현을 보면, 나는 빨간 줄을 좍좍 그어버린다. 명확한 의사 표현을 하고, 그에 따라 책임지는 연습을 해야 한다고 믿기 때문이다. 모르면 '~인 것 같다' 고 비겁하게 물러설 일이 아니다. 정확하게 알아보고 '~이다' 라고 말해야 한다. 세상은 내 의사를 명확히 밝히는 사람에게 먼저 기회를 준다. 입도

삥끗 안 하는데 알아서 챙겨주는 것은 가정이나 학교에서만 가능한 일이다.

말이든 글이든 주장을 할 때에는 언제나 근거를 대는 연습을 하자. 예를 들어 휴대폰이 생기길 바라는 학생이 있다고 치자. 그렇다면 부모님께 막무가내로 '우리 반 애들은 모두 휴대폰이 있어요'라고 이야기해 봐야 소용이 없는 일이다. 내가 부모라면 그런 자녀에게 '그 '다'가 몇 명인데?'라고 되물을 것이다. 더 나아가 휴대폰이 어떤 필요가 있는지, 그것을 가지고 있을 때의 장점이, 그렇지 않을 때보다 많은지를 물어볼 것이다. 복잡하다고? 나도 그렇게 생각한다. 그런데 힘이 없는 쪽은 힘이 있는 쪽을 설득하는 일이 원래 어렵다. 강대국과 약소국 사이의 외교가 공정할 거라고 믿는 사람은 아무도 없지 않은가. 마찬가지다. 힘을 얻기 전까지는, 남을 설득할 수 있어야 내 뜻을 이룰 수 있다. 남을 움직이려면 그만한 이유가 있어야 한다. 그 이유를 열심히 궁리해 본다. 그래서 그럴 듯한 이유를 만들어낼 수 있으면 성공이다. 이것이 효과적으로 주장하고 설득하는 방법이다.

더 나아가 두 가지를 덧붙이고 싶다. 첫째, 근거를 마련할 때에는 세 가지를 준비하면 좋다. 와다 히데키가 쓴 『삼자택일의 기술』에는 이에 대한 이유가 설명되어 있다. 두 가지 이유로는 빈약하고, 전혀 다른 관점에서 새로운 이유를 추가하면 상대방을 설득하기 쉽다는 게 저자의 주장이다. 어떤 주장이든 근거를 두 가지 정도 마련하는 일은 쉽다. 하지만 세 번째 근거까지 마련하는 것은 어렵다. 그러나 세 번째 근거를 마련해야 상대방도 '이 사람이 진지하게 고민하고 있구나' 하는 느낌을 받는다. 그리고 이 세 번째 근거는 전혀 다른 새로운 관점에서 찾아야 쉽게 마련할 수 있다.

둘째, 주장과 근거가 아무리 훌륭해도 그것만으론 안 된다. 상대방이 나와 직접 마주하는 사람이라면 그 사람의 행동까지 살펴야 한다는 말이다. 말과 글이 아무리 그럴 듯하면 뭐하겠는가. 정작 본인이 실천하지 않는데. 그런 사람이 하는 주장은 설득력이 없다. 모르는 사람이야 훌륭하게 보지만, 가까이서 보는 내 눈에는 아닐 수 있다. 하지만 이때 실망하고 끝낼 것이 아니라, 이를 교훈 삼아 '그렇다면 나는 어떻게 할까?' 하고 생각하는 단계까지 나아가야 한다. 그래야 상대와 나 사이에 차별성이 생긴다. 개인의 질적 성장은 이렇게 이루어진다.

3) 절반만 말하기

고대 로마 격언에 '행동으로 삶을 이끈다(Anteire Operibus)'는 말이 있었다. 이는 글쓰기에도 해당된다. 독서는 지식을 입력하는 과정이다. 반면 글쓰기는 출력하는 과정이다. 그러므로 글쓰기가 독서보다 능동적이다. 글을 써야 남들이 내 생각을 이해하고 동조하거나 거부할 수 있다. 글쓰기는 비판자를 만들지 않는 행동이 아니다. 정확히는 나의 이해자를 더 많이 만드는 일이다.

이 사실을 명확하게 이해했던 사람 중에 카이사르가 있다. 뭐든 최고 수준을 지향했던 이 로마인은, 글쓰기에 있어서도 일류급이었다. 그는 글을 어떻게 써야 하는가에 대해 이렇게 말했다.

배가 암초를 피하여 나아가듯 어려운 단어를 피하라.
문장은 단어의 선택으로 결정된다.
평소에 쓰지 않는 말이나 동료들끼리만 통하는 용어는 배가 암초를 피하듯 피해야 한다.

글쓰기가 '이해'임을 아는 사람만이 이런 말을 할 수 있다. 내 지적 수준을 과시하는 표현, 너무 잘 쓰려는 표현이 들어가면 좋은 글이 아니다. 글은 그저 상대가 쉽게 이해할 수 있도록 쓰면 그만이다.

또 다른 이야기를 하겠다. 『김병완의 책쓰기 혁명』을 읽다 보면 이런 내용이 나온다.

1920년 뉴욕의 거리에서 실제로 있었던 일이다. 번잡하고 복잡한 길에 어떤 맹인이 작은 푯말을 목에 건 채로 앉아 있었다. 그 푯말에는 다음과 같은 말이 적혀 있었다.

'나는 맹인입니다'

그리고 그 맹인 앞에는 반경 10센티미터 정도 되어 보이는 낡은 원통 모금함이 놓여 있었다. 그 맹인 앞을 지나가는 사람들은 수십 명이 넘었지만, 단 한 명도 그에게 관심을 보이거나 적선을 하지 않았다.

그런 맹인 앞에 누군가가 멈추어 섰다. 그리고 그 사람은 한참 동안 맹인의 목에 걸린 푯말을 유심히 살펴본 후 그 푯말을 맹인의 목에서 빼 들었다. 그러고 나서 그는 푯말에 적힌 내용을 다시 고쳐 썼다. 그렇게 한 후 그 사람은 다시 맹인의 목에 그 푯말을 걸어두고 가던 길을 갔다.

그가 지나간 후 놀라운 일이 벌어졌다. 믿기 어려울 정도였다. 바쁘게 지나가던 사람들이 걸음을 멈추고 맹인에게 한 푼 두 푼 적선을 하기 시작했던 것이다. 과연 무슨 일이 벌어졌을까? 왜 사람들이 갑자기 천하에 둘도 없는 선인(善人)으로 돌변해버린 것일까?

사람들이 돌변한 것은 지나가던 그 사람이 쓴 글 때문이었다. 푯말에는 이런 말이 적혀 있었다.

'눈부시게 아름다운 봄입니다. 하지만 저는 볼 수 없답니다'

내가 말하고자 하는 것이 바로 이것이다. 이것이 바로 글쓰기의 마법이며, 글의 힘이다. 맹인의 글을 바꾸어준 사람은 앙드레 부르통이라는 시인이었다.

사람들을 돕고자 하는 내용을 구구절절 표현할 수 있다. 하지만 마지막의 간단한 문장 두 개만으로도 표현할 수 있다. 간단한 표현으로 목적을 달성할 수 있다면, 그거야말로 가장 효율적이다.

김병완 작가는 욕교반졸(欲巧反拙)이라는 말을 좋아한다. 이 말은 잘 만들려고 너무 기교를 부리다가 도리어 졸렬하게 만든다는 말이다. 너무 잘 쓰려고 애쓰지 않아도 된다. 뭐든 잘해내고 싶은 건 사람의 당연한 마음이다. 그러나 거기에 집착하여 진도가 나가지 않으면, 완벽주의의 함정에 빠진다. 몇 번이나 되풀이하지만 글을 쓰겠다면, '명문' 보다 '간결함' 에 신경 써야 한다.

참고로 너무 잘 쓰려다 보니 첫 줄부터 글이 안 나오는 사람들이 있다. 이에 대해 유시민 작가는 명확한 해결책을 제시했다. 자기가 하고자 하는 말, 즉 주제를 첫 줄로 쓰면 된다는 게 그의 주장이다. 내 경험에 따르면, 이렇게 하면 최고 수준의 글은 나오지 않는다.

시작부터 단도직입하는 방식은 이해는 쉬우나 은근함은 없기 때문이다. 하지만 뭐 어떤가. 어차피 실용문인데. 첫 줄이 안 나와서 고민이면 이런 방법도 괜찮다.

4) 올바른 꾸준함

신체적 재능이 요구되는 경우만 아니면, 어떤 분야든 전문가가 될 수 있다. 이 주장은 『언스크립티드』, 『부의 추월차선』을 쓴 엠제이 드마코의 말이다. 사실 뭐든 노력으로 극복할 수 있다는 말은 거짓말이다. 하지만 지식과 관련된 일은 드마코의 말이 옳다. 『그릿』의 저자 앤절라 더크워스도, 『개구리를 먹어라!』의 저자 브라이언 트레이시도 같은 말을 했고, 나 역시 졸저 『속도가 빨라지는 역전 공부법』에서 같은 말을 한 적이 있다. 다만 노력의 정도와 투자 시간을 줄이려면, 적절한 방법을 찾는 일이 먼저다. 바로 이 대목이 중요하다. '적절한 방법'을 찾는 일 말이다.

몇 년 전 있었던 일을 하나 예로 들겠다. 학부모 한 명이 상담신청을 했다. 자기 자녀가 학원을 다니는데, 성적이 신통치 않아 계속 다녀야 하는지 말아야 하는지 감이 오지 않는다고 했다. 안 보내면 불안 하고, 보내면 돈 낭비 같다는 거였다. 그에 대한 내 대답. 학원을 알아보지 말고, 자녀부터 알아보시라. 이게 무슨 뜻인가? 학생은 점수가 안 오르면 학원부터 의심한다. '이 학원이 나랑 안 맞는 건가?' 라는 의심을 한다는 말이다. 그리고 옆 학원으로 옮긴다. 새로 적응하느라 다시 시간을 낭비하고, 중간고사 때 오르지 않은 점수는 기말고사에서도 그대로다. 이런 일을 반복하다 보면 어떤 결과가 나올까? 강사 구경, 학원 쇼핑으로 끝난다.

그런데 학원에 등록할 때는, 학원 강사가 어떤 사람인지 대개 파악이 안 된다. 그저 나와 잘 맞기를 기도할 수밖에 없다. 그 기도가 이루어질 확률이 얼마나 되겠는가? 그러니 매번 돈 낭비로 끝난다. 그래서 설명했다. 학원을 알아볼 게 아니라 자녀가 어떤 사람인지 알아야 한다, 그러니 학습 상담 센터에 먼저 가보시라고 말이다. 거기서 학습 유형, 효과적인 공부 방법, 공부 계획 짜는 법을 알려줄 테니, 자녀를 먼저 알고, 자녀에 맞는 강사를 과외로 구하시라고.

사실 별것도 아닌 내용이다. 그런데 이렇게 말씀드리자 어머니는 충격을 받았다고 했다. 학생 아버지가 직업 군인이라 이동이 잦았는데, 전국의 학교를 돌아다녀 봐도 그런 말을 해주는 교사가 아무도 없었기 때문이다. 심지어 친척 중에 교사가 있었는데도 그런 말은 들어본 적도 없다고 했다.

바로 이 차이다. 사람들은 방법을 찾지 않는다. 공부를 하는 건 학생 본인이다. 그러니 문제가 발생하면 내부에 초점을 맞춰야 한다. 왜 '나'라는 내부 대신 외부에 해당하는 학원이나 강사에 초점을 맞추는가? 극히 상식적인 이 생각을 아무도 안 하는 모양이다. 방법을 찾는 데 게으르니, 심지어 제대로 된 방법을 알려줘도 귀한 줄을 모른다. 그 학생은 내 말대로 상담 센터를 방문했을까? 그렇지 않았다. 사람들은 항상 '너무 바쁘기 때문'이다. 앞서 말한 『속도가 빨라지는 역전 공부법』은 단순히 돈을 벌겠다는 목적으로만 쓴 책은 아니다. 그러기엔 이미 세상에 같은 내용의 책이 너무 많았다. 그리고 나는 그런 책을 쓴 사람들만큼 유명하지도 않았다. 그러니 내 책이 엄청나게 팔릴 가능성은 거의 없었다. 그런데도 왜 책을 냈을까? 매번 같은 질문을 하는 학생들에게 같은 답을 하기가 피곤했기 때문이다. 어른도 그렇지만, 학생들도 결과만 본다. 과정을 배우고 그대로 해내려는 사람은 거의 없다. 그래서 성적은 어떻게 올리느냐고 묻지만, 정작 실천하진 않는다. 그러니 나도 그 질문에 굳이 대답할 필요를 느끼지 못한다. 다만 '너 알아서 해'라고 한 마디로 끝낼 수는 없어서, 책을 썼던 것이다. 책을 사서 읽을 정도로 열망이 있는 학생이면, 책에서 답을 얻을 수 있지 않을까 싶어서다.

글쓰기와 상관없어 보이는 이야기를 길게 했다. 하지만 이 이야기를 하는 까닭이 있다. 앞서 말했듯이, 대개의 일은 올바른 방법을 찾아 꾸준히 노력하면 되기 때문이다. 거기에는 글쓰기도 포함된다. 글쓰기의 대가들은 서로 다른 방법들을 설명한다. 그럼 어떻게 해야 할까? 나라면 글을 쓰는 방법이 나온 책을 열 권 정도 사거나 빌리겠다. 그리고 그 책에서 작가들이 말한 주요 내용을 정리해볼 것이다. 그렇게 하다 보면, 70%는 비슷한 이야기임을 알 수 있다. 그리고 공통되는 주장을 어떻게 내 것으로 만들까를 생각한다.

그러면 차이가 나는 30%는 어떻게 할까? 내가 하고 싶은 대로 선택하면 된다. 예를 들어 글을 쓸 때 정확한 설계부터 하라는 주장이 있을 수 있다. 그게 마음에 들면, 그렇게 하면 된다. 반대로 자유롭게 쓰는 게 중요하다는 주장도 있다. 그게 마음에 들면, 역시 그렇게 하면 된다. 정답은 없기 때문이다. 나만의 스타일, 작업 양식은 그렇게 만들어갈 수 있다. 더 나아지기 위한 방법을 찾는 과정은 매우 중요하다. 이 과정을 거치지 않으면, 항상 남과 비슷하거나 그보다 못한 결과만을 낸다.

그럼 나는 어떻게 쓰는가? 일상적인 내 쓰기 방식을 설명하겠다. 절대적으로 옳은 건 아니고, 개인적인 방식이니 참고는 해볼 수 있겠다. 일단 나에게 글쓰기는 중요한 일이다. 나름의 의미와 행복이 있는 일이기 때문이다. 그러니 되도록 조용한 곳, 아무에게도 방해받지 않을 곳에 가서 작업을 한다. 반대로 다소 소음이 있는 카페에

갈 때도 있다. 다만 그럴 때는 나를 모르는 사람들이 있는 곳으로 간다. 그리고 거기서 하루 2페이지씩 글을 쓴다. 잘 되는 날은 당연히 더 쓴다.

반대로 하루가 정말 바빠 2페이지는커녕 단 두 줄도 적지 못하는 날도 있다. 그래도 괜찮다. 대신 주말에 글을 쓰기 때문이다. 대신 책은 어떻게 해서라도 하루 30페이지는 읽으려 노력한다. 물론 그마저도 안 되는 날이 있다. 하지만 내가 세운 계획에 집착하진 않는다. 항상 해야 한다는 의식을 갖고 있고, 실제로 그게 되는 날은 기뻐한다. 다만 열흘이고 보름이고 글이 안 써지면, 그건 아직 공부가 부족하다는 뜻이다. 그러면 내가 쓰는 분야와 관련된 책을 찾아본다. 그리고 어느 정도 지식이 쌓이면 다시 글을 쓰기 시작한다. 독서라는 입력과, 글쓰기라는 출력이 항상 균형을 이룰 수 있도록 노력하는 것, 그게 내가 글을 쓰는 방식이다.

그럼 글을 처음 쓰는 사람은 어떻게 노력하는 게 올바를까? 쓰고 싶은 분야가 있는데, 그걸 어떻게 써야 할지 모른다면 간단하다. 베껴 쓰기부터 하면 된다. 『최고의 글쓰기 연습, 베껴쓰기』의 저자 송숙희는 칼럼을 베껴 쓰라고 권한다. 책은 오탈자가 있을 수 있지만, 신문은 여간해선 그러기 쉽지 않다는 게 그의 주장이다. 그러니 맞춤법을 공부하는 데는 최적이라고 한다. 게다가 신문사의 기자들은 짧은 글을 쓰는 데 있어 나름의 훈련을 받는다. 주필은 가장 글을 잘 쓰는 신문기자가 맡는다. 그러니 주필이 쓴 칼럼을 베껴 쓰라는 것이다.

하지만 여기에도 단점은 있다. 신문 칼럼의 질이 계속 떨어지고 있기 때문이다. 앞서도 말했듯, 모든 주장하는 글에는 근거가 필요하다. 근거 없는 취향고백으로 끝나는 함량 미달의 칼럼이 갈수록 늘고 있다. 그래서 이 방법을 권하고 싶지는 않다. 물론 글쓰기 훈련은 될 것이다. 다만 글쓴이의 그릇된 주장에 반박할 수 있는가가 문제다. 얼치기 칼럼니스트에게 휘둘릴 거라면 차라리 안 하는 편이 낫다.

그보다는 차라리 『아웃풋 독서법』을 쓴 이세훈 작가의 방식을 권한다. 이세훈 작가는 책의 서문을 베껴 쓰라고 권한다. 출판사는 돈이 안 되는 책은 여간해선 내지 않는다. 그들에겐 그게 사업이니 당연하다. 그러므로 작가가 원고를 보내면 서문부터 꼼꼼하게 본다. 다라고 말할 순 없지만, 그래도 서점에서 팔리고 있는 책은 어지간하면 기본 이상은 갖춘 경우가 많다. 책은 신문과 달라 이념지향적일 필요가 없다. 그러니 글 쓴 사람이 자기 이념에 맞추기 위해 사실을 왜곡힐 필요도 없다. 그리고 시문은, 직가가 책을 쓴 의도와 그 내용이 요약되어 있다. 그러니 깊이 있는 내용을 쓰고 싶으면 서문

베껴 쓰기가 낫다고 본다.

하지만 그 정도로는 자신만의 문체를 갖추기 어렵다. 자기만의 색깔을 글로 나타내려면 어떻게 해야 할까? 서문이 아니라, 좋아하는 작가의 책 본문을 베껴 쓰면 된다. 처음부터 끝까지 다 쓰면 좋겠지만, 굳이 그러지 않아도 된다. 그걸 목적으로 하면 단순노동에 불과하다. 그러니 좋아하는 부분을 베낀다. 가수는 여러 창법을 익히고 자기만의 음색을 만들어낸다. 글을 쓰는 사람도 그럴 수 있다. 좋아하는 작가의 글을 써서 익숙해지면, 또 다른 작가의 글도 베껴 써보면 된다. 그러면서 자기만의 방식을 만들어 간다. 문학적인 글이든 실용적인 글이든, 차이는 없다. 다만 실용적인 글을 주로 쓸 거라면, 간결하게 쓰는 사람의 글이 도움이 된다. 빠른 속도, 몰입감, 문장의 완결성에서 대체로 더 낫기 때문이다.

5) 의심하지 않기

글을 쓰고 난 직후는 대개 만족스럽다. 하지만 다음날 보면 아니다. 내 글이 끔찍해 보인다. '세상에, 어떻게 이렇게 못 썼지? 이게 글이야? 무슨 말을 하고 싶은지 알 수도 없는데?' 이런 생각이 끝도 없이 나를 괴롭힌다.

첫 번째 책을 쓰고 나서, 나는 그 책을 당분간 쳐다보지도 않았다. 출간을 했다는 건 내 손을 떠났다는 뜻이었고, 사람들의 비평은 궁금하지 않다고 스스로에게 주문을 걸었다. 사실 어떨 때는 두렵기도 했다. 엄청나게 소통하고 싶어 책을 쓴 것도 아니었고, 내 생각을 정리했을 뿐이니, 남들이 관심이나 가질까도 의문이었다. 한편으론 관심이 지나치지 않았으면 좋겠다는 생각까지 했다.

그러니 내 책을 주변 사람들에게 선물한다는 건 정말이지 용기가 필요한 일이었다. 함께 연수를 받은 동기와 연구사님, 강사로 오셨던 선생님들 몇 분께 책을 보내드렸다. 보내드리고 나서도 감사 인사 외에 별 말씀들이 없으셔서 다행으로 여겼다.

그러나 그건 어디까지나 내가 선물한 경우다. 직접 사서 본 사람들은 내 주변에 없었다. 그리고 한동안은 아무도 몰랐기에 더 좋았다. 긴장이 풀릴 때쯤, 갑자기 학생 한 명이 나를 급습했다.

"선생님, 책 쓰셨어요?"

깜짝 놀랐다. '뭐지? 어떻게 알았지? 내 책을 누가 알아 봐?' 이런 생각이 들었다. 그래도 학생한테 거짓말할 수는 없었다. 그래서 맞다고 확인해 주었다. 문제는 그 다음에 벌어졌다. 내가 가르치는 학년 전체에 소문이 퍼지는 데는 한 달도 걸리지 않았기 때문이다.

솔직하게 말하면, 생각보다 평이 나쁘진 않았다. 온라인 반응도 그랬다. 그런데도 오랫동안 의심했다. 그 의심은 사람들이 아무리 칭찬해도 풀리지 않았다. '사실적인 비평은 아닐 거야'라는 생각이 끊임없이 머릿속을 헤집고 다녔다. 그건 내 환경에도 원인이 있다. 겉으로는 칭찬하면서도, 사실은 그걸 통해 조종하려는 사람들을 몇 차례 만나봤기 때문이다. 하지만 그렇더라도 내 인간 관계를 글 쓰는 일에까지 대입할 필요는 없었다. 글은 내 생각을 담는 도구다. 글이 곧 나는 아니다. 그 사실을 더 빨리 깨달았어야 했다. 그랬다면 곤란해 하지는 않았을 것이다.

이 책을 쓰기 위해 읽어본 책 중에 나탈리 골드버그가 쓴 『뼛속까지 내려가서 써라』라는 책이 있다. 이 책을 읽다가 그런 증상이 나만의 문제가 아니었음을 깨달았다. 작가인 나탈리 골드버그도, 그녀에게 수업을 듣는 학생들도 글쓰기에 관해 똑같은 문제를 겪고 있음을 알게 된 것이다. 그녀도 세간의 좋은 평가와 상관없이 외롭고 두려웠으며, 스스로 자기가 쓴 글을 비난하곤 했다고 한다. 이런 문제투성이 글을 내가 썼을 리 없다고 부정하면서 말이다.

유시민 작가는 『유시민의 글쓰기 특강』에서 이런 말을 한다. 악

플을 두려워할 필요는 없다고 말이다. 자기는 그런 말을 하도 들어서 저절로 단련이 되었다고 한다. 타인에 대한 기대를 완전히 내려놓으면, 실망할 것도 없다는 게 그의 생각이다. 김병완 작가는 『김병완의 책쓰기 혁명』에서 더 직설적으로 말한다. 비난과 혹평은 세상의 이치니, 겁낼 필요 없다고.

사실이 그렇다. 생각해 보면, 내 생각에 모든 이가 동의해줄 필요도 없고, 반대할 필요도 없다. 그러니 그건 그 사람들이 알아서 정할 일이다. 처음 자기 글을 남에게 보여주면 좋은 소리 듣기 어렵다. 유시민 작가는 내가 글 쓴 의도를 파악하지 않고 비평하는 거라면 신경 쓸 일이 아니라고 했다. 내가 왜, 어떤 의도로, 어떤 입장에서 글을 썼는지 충분히 공감한 상태에서 해주는 비평은 가치 있지만, 그런 경우는 거의 없다는 말도 덧붙였다. 내 생각도 같다. 어차피 나를 온전히 이해할 수 있는 사람은 나뿐이다. 그러니 남의 이야기에 너무 휘둘릴 필요는 없다.

다만 이는 칭찬에도 똑같이 적용된다. 남이 내가 쓴 글을 보고 '좋다'고 말했다면, 그건 다른 생각하지 말고 그냥 '좋다'는 의미로 받아들이면 된다. 칭찬이든 비난이든 똑같다. 복잡하게 생각하고 주저할수록, 글쓰기는 어려워진다.

6) 편하게 평가 받기

자기 글을 평가받는 건 아무리 좋은 목적이어도 부담스럽다. 나 역시 마찬가지다. 평가자 입장에서 보면, 내용적 측면만 평가할 수 있으면 편하다. 틀렸다고 지적하는 대신 이 부분을 왜 이렇게 썼느냐고 의도만 물어보면 되기 때문이다. 그렇게 할 경우 좋은 점이 몇 가지 있다. 첫째, 듣는 사람 마음이 덜 상한다. 틀렸다는 말 대신 내 생각과 의도를 물어봐 주기 때문이다. 둘째, 그러니 글쓰기가 마음 편하다. 또한 그런 상태에서 쓰면 쓸수록 글 실력이 올라간다. 글쓰기는 양이 뒷받침되어야 질이 올라가는 작업이다.

하지만 실제로는 그렇게 되지 않는 경우가 더 많다. 학교에서 학생들의 글을 보면 기본 요건을 갖추지 않은 경우가 종종 있다. 일단 그런 부분을 수정하는 게 먼저다. 다시 말해 형식적 부분을 먼저 보게 된다는 의미다. 가령 문단을 시작할 때 들여쓰기를 하지 않는 경우를 생각해 보라. 첫 줄부터 틀렸으니 바로 빨간 펜으로 체크한다. 받아보는 사람은 시작부터 틀렸으니 기분이 두 배로 나쁠 수 있다. 나도 충분히 이해한다. 하지만 기준을 통일하지 않으면 어떤 일도 할 수 없다.

형식적인 측면을 고쳐주다 보면, 내용이 눈에 띄게 보기 좋아진다. 내용을 수정하지 않아도 그렇다. 맞춤법, 띄어쓰기, 단락 구분이 잘 되니 읽을 때 불편함을 덜 수 있어서다. 이런 부분에 대한 조언은 당연히 받아들여야 한다. 기본 규칙을 협의하고 넘어갈 수 있는 것은 아니기 때문이다. 한국에 온 외국인이 영어를 쓰면, 그건 그 사람이 이상한 것이다. 남의 나라 갈 때 기본 회화도 배우지 않고 온 거니까. 마찬가지로 남에게 보여줄 글을 쓰면서 규칙조차 내 방식만 고집하면 안 된다.

다만 내용적인 부분은 다르다. 글의 내용이 일반적인 통념에선 벗어나더라도, 내가 생각하기에 합당한 경우가 있을 수 있다. 이런 경우 판단은 본인이 하고, 본인이 결정해야 한다. 유시민 작가는 책을 쓸 때 편집자의 이야기를 일단 듣되, 모든 걸 수용할 수는 없다고 미리 밝힌다고 한다. 좋은 방법이다. 어차피 평가를 할 때는 평가자의 주관이 들어간다. 그 주관이 100% 옳을 수도 없고, 사람마다 이야기가 다르니, 모두 수용하는 건 처음부터 불가능하다. 그러니 내가 판단해서 받아들일 건 받아들이고, 아닌 것은 걸러내면 된다.

그럼에도 불구하고 이야기를 들어보면 도움 되는 부분이 있다. 내 의도가 잘 전달되는지, 오해를 사는 부분은 없는지 확인할 수 있다는 점이다. 평가 받는 목적을 거기에 두면 마음이 편해진다. 다시 말해 내 뜻이 잘 전달되는지 아닌지, 확인하기만 하면 된다는 뜻이다. 내 생각이 올바른지 아닌지를 듣기 위함은 아니다.

이런 관점에서 보면, 글이 곧 나라는 생각은 하지 않아도 된다. 평가받는 것은 글이다. 내 인격이 아니다. 그럼에도 이 둘을 분리하기가 쉽지 않다. 글에는 내 생각과 노력이 담겨 있기 때문이다. 어렵다면, 받아들일 수 있는 만큼만 받아들이자. 할 수 없는 것은 할 수 없는 것이다. 지금 당장은 말이다. 나중이 되어야 조언한 사람의 이야기가 들리고, 평가가 어떻든 마음 편할 수 있다.

나 역시 그런 경험이 있다. 전에 어떤 출판사에서 출간 제의가 들어왔다. 학생 생활에 대한 위로와 공감에 대해 써달라는 내용이었다. 그리고 책 몇 권을 추천받았다. 모조리 읽어보았는데, 읽다가 덮었다. 뜬구름 잡는 소리만 가득 찬 그 책들에 공감할 수 없어서였다. 대신 완벽하게 내 관점에서 새로 썼다. 공감이 아니라 조언으로. 출판사 입장에선 이전에 썼던 책을 보고 연락을 했는데, 내 원고를 보니 내용이 너무 '세서' 당황했던 모양이다. 그들은 나에게 새로운 글을 요구했다. 나는 받아들일 수 없었다. 내가 생각하는 옳은 것은 현실에 바탕을 두고 있는데, 그들은 아름다운 말을 원한다고 생각했기 때문이다. 결국 계약은 취소되었다.

기분이 좋았느냐 하면, 당연히 그렇지 않았다. 하지만 시간이 지나자 글과 나를 분리해야 한다는 말을 실감할 수 있었다. 어차피 내 생각은 바뀌지 않는다. 나는 내 나름의 올바름을 기준으로 글을 쓴 것이었다. 그렇다면 굳이 누가 맞고 틀린가를 따지는 게 무슨 의미가 있는가? 게다가 그때 썼던 원고는 출간되진 않았지만, 다른 책을 쓸 때 참고 자료로 쓰인다. 그 책에 썼던 내용 중에 하나가, 글을 잘 쓰면 살아가는 데 도움이 된다는 것이었다. 어디서 본 내용 아닌가? 그렇다. 이 책에도 당시 썼던 원고 내용이 담겨 있다. 내 원고를 읽어 봤던 담당자는 청소년을 대상으로 한 글쓰기 책을 써보는 게 어떠냐고 말했다. 그때는 어려운 일이었다. 해야 할 일은 많았고, 무엇보다 지쳐 있었기 때문이다. 나에게 글쓰기는 취미지, 노동이 되어선 안 된다고 생각했기에 더욱 그랬다.

하지만 결국 나는 글쓰기 책을 쓰게 되었다. 직업상 쓸 필요가 있기도 했지만, 마음의 준비가 되었기 때문이다. 출판사 편집자도, 다른 선생님도 써보라고 했던 그 글을 쓰는 데 일 년이 넘게 걸렸다. 다른 사람들의 평가와 조언을 진작 받아들였더라면, 더 빨리 썼을지도 모른다. 하지만 지금 이 시점에 글을 쓰는 일이 더 잘된 일이다. 쓰는 데 급급하지 않고 내 생각을 전개할 수 있기 때문이다.

다른 이의 평가를 받는 일을 두려워할 필요 없다. 매도 많이 맞아봐야 맷집이 생기듯, 글도 평가를 받아봐야 내 정신이 단련된다. 글

수준이 높아지는 것은 물론이다. 반복해서 말하지만, 상대의 이야기를 모두 반영해야 하는 것도 아니다. 그러니 과감하게 듣고, 내가 할 수 있는 만큼만 해낸다는 생각으로 쓰고 보여주면 된다.

7) 편한 장소 찾기

내가 생각하는 쓰기에 최적화된 장소의 조건은 다음과 같다. 첫째, 넓은 책상, 둘째, 깨끗한 공간, 셋째, 조용함.

그러나 살면서 이런 장소 확보는 어렵다. 전용 작업실을 갖고 있다면 모를까, 대개 사람들에게 그런 곳은 없기 때문이다. 나야 직장인이니 학교에 가면 책상이 있다. 그러나 거긴 일을 하기 좋은 곳이지, 책을 쓰기 좋은 곳은 아니다. 교무실에서, 특히 주중에 글을 쓴다는 건 불가능에 가깝다.

세 가지 조건을 갖추기 어렵다면, 가끔 환경을 바꿔보는 것도 괜찮다. 어쨌든 항상 있는 곳에서 벗어나는 것이다. 도서관에서 글을 쓰는 일은 꽤 괜찮은 일이다. 대개 지역도서관은 컴퓨터 사용 가능 시간이 한정된다. 이 한정된 시간이 도리어 좋다. 제한 시간 내에 글을 써야 하는 긴장감을 주면서, 성과를 낼 수 있게 돕는다.

반면 느긋하게 글을 쓰고 싶은 사람은 어떻게 해야 할까? 학생 입장에서 돈이 드니 매번 갈 순 없겠지만, 가끔 카페에 가면 된다. 컴퓨터가 있는 카페면 더 좋고, 없다면 본인 노트북이 있어야 한다. 이 경우 3번째 조건인 '조용할 것'의 원칙에는 어긋난다. 하지만 장점도 있다. 극도로 조용한 곳이 아니어도 글을 쓸 수 있는 훈련이 되기 때문이다. 더구나 적당한 소음은 일에 집중하는 데 도움이 되기도 한다. 물론 예외도 있다. 담배 연기가 밀려오는 경우, 또는 일부 아주머니들이 커피숍과 키즈 카페를 구분하지 못하는 경우가 그러하다. 그런 장소라면 당연히 피해야 한다.

내 경우를 들어보면, 처음에는 직장에서 15분 거리에 있는 카페에 갔다. 좀 걸어가야 한다는 단점은 있었지만 나머지는 괜찮았다. 일단 많은 사람이 오는 곳은 아니었다. 그러니 번잡하지 않았다. 그보다는 소수의 사람들이 자주 들르는 곳이었다. 그 사람들은 나와 직접 관계되지 않았기에 편안하되 간섭받지는 않았다. 과도한 관심이 쏠리지 않아서, 나는 그 장소가 좋았다.

자주 가면 돈이 많이 들지 않을까 하는데, 꼭 그렇지만도 않다. 처음에는 그럴 수 있지만 가다 보면 주인과도 친해진다. 서비스를 받을 때도 있고, 모인 손님들이 각자 맛있는 걸 내놓기도 한다. 나는 가끔 아이스크림을 사갔다. 요새는 어디나 난방이 잘 된다. 게다가 겨울은 건조하다. 그러니 아이스크림은 일 년 내내 좋은 간식이 된다. 마음 편히 간식을 먹으며 글도 쓰는 생활이 그때의 생활이었다. 거기서의 글쓰기는 꽤 재미있는 일이었다.

하지만 그런 행복한 시간은 일 년밖에 지속되지 않았다. 사장님이 가게를 팔고 다른 곳으로 가셨기 때문이다. 카페에는 새로운 주인이 왔다. 그러자 가게 분위기가 달라졌다. 뭔가 세련된 느낌은 났지만, 옛 느낌은 사라졌다. 음료 가격이 올라간 것도 아니고, 엄청난 변화가 있지도 않았다. 그래도 거기 가는 게 불편해졌다. 다른 사람들도 그랬는지 더 이상 오지 않았다. 가게에 오는 사람은 새로 바뀐 손님들뿐이었다.

다른 카페를 찾아다니며 몇 군데서 글을 써 봤다. 그중 한 곳은 손님이 없기로 유명한 곳이어서, 대체로 도서관보다 조용했다. 나는 거기서 글쓰기를 좋아했다. 시골 카페 같지 않게 자리마다 콘센트가 마련된 것도 장점이었다. 하지만 가격이 너무 비쌌고, 매장이 2층인 게 문제가 되었다. 왜냐하면 같은 건물 1층에도 커피 전문점이 있었기 때문이다. 상가 주인이 왜 그렇게 세를 줬는지 모르겠다는 생각이 들었다. 사람들은 2층보다 가까운 1층을 선호했고, 결국 얼마 지나지 않아 2층은 장사를 접었다.

지금은 주말에도 학교에 나와 글을 쓴다. 그러니 주 7일을 학교에서 보내는 셈이다. 아무도 없는 학교에서 혼자 교무실에서 글을 쓴다. 주말에는 일을 하지 않기 때문에 시간을 연속적으로 쓸 수 있다. 그래서 확실히 글이 잘 써진다. 그러나 카페에서 글을 쓸 때만큼은 아니다. 카페에서는 앉아서 네 시간이면 열 페이지고 스무 페이지고 쓰는 날도 있었는데, 학교에선 도무지 그렇게 써지지 않았다.

환경이 바뀌면 뇌의 민감도가 올라간다. 꼭 카페가 아니어도 된다. 당신만의 글이 잘 써지는 곳을 찾아보라. 기왕 하는 일, 즐겁고 잘 되는 장소가 낫지 않겠는가. 그러니 같은 장소에서만 글을 써야 한다고 생각하진 않아도 된다. 세상에는 단 5분의 시간만 있어도 지하철에서 노트북을 켜고 글을 쓰는 사람이 있으며, 나처럼 카페에서 글쓰기를 좋아하는 작가도 꽤 있다. 해리 포터 시리즈를 쓴 조앤 롤링도 카페에서 원고를 썼으며, 『구원의로서의 글쓰기』, 『버리는 글쓰기』 등을 쓴 나탈리 골드버그도 조용한 식당이나 카페에서의 글쓰기가 얼마나 좋은지를 설명하고 있다. 본인의 의지가 박약하다고 너무 탓하지 마라. 원래 사람이 그렇다. 자신을 탓하기 전에, 글쓰기 환경을 바꿔볼 생각을 해보면 어떨까. 글이 더 수월하게 써진다.

8) 창조와 비판 분리하기

　장소를 바꾸든 어쩌든, 글이 정말 안 써지는 경우도 있다. 그러면 본인의 글쓰기 방식을 점검해보아야 한다. 피터 엘보는『힘 있는 글쓰기』에서 창조와 비판을 분리하라고 말했다. 이 말이 무슨 뜻인가? 글을 쓸 때는 자유롭게 쓰고, 글을 고치는 과정은 뒤로 미루라는 말이다. 글이 좋은지 나쁜지는 걱정하지 말고 일단 쓰고 보라는 의미다. 실제 그래야 할 이유가 있다. 창작을 하면서 고쳐 쓰기를 수시로 하면 진도가 안 나간다. 그래서 글은 같은 자리에서 맴돈다.

　이를 막기 위해 나탈리 골드버그는 아예 마감 시한을 정해놓고, 지우지도 말고 계속 쓰라고 이야기한다. 이 역시 좋은 방법이다. 이렇게 글을 쓰면 최소한 쓰기 불안 증세에선 벗어날 수 있다. 누군가에게 내 글을 보여줘야 할 때도 오겠지만, 적어도 지금이 그때는 아니라고 생각하면 된다. 그리고 무작정 쓰는 것이다. 나도 이와 비슷한 방법을 만들어냈다. 눈을 감고 타이핑하는 것이다. 황당하게 들릴 수 있겠지만, 이것은 생각보다 좋은 방법이다. 눈을 감으면 당연히 아무것도 안 보인다. 그러니 앞에 썼던 내용을 다시 살피느라 쓰기 속도가 느려지는 일을 막을 수 있다. 우리는 불안해서 쓰다가도 자꾸 앞 내용을 살핀다. 그 과정을 못하게 막는 것이다. 앞 내용과 연결이 잘 되는지 어떤지, 그건 관심 밖이다. 일단 아무 생각 없이 의식이 손가락을 이끌게 만든다. 오탈자가 느껴지더라도 상관없다. 그대로 쓴다. 오직 쓰는 게 먼저고, 그게 목적이다. 결과물은 나중에 다듬으면 된다. 그 생각으로 글을 쓰고 또 쓴다.

물론 눈을 뜨고 나면 고칠 부분은 한두 군데가 아닐 것이다. 그래도 글이 안 나와서 머리를 싸매고 있던 순간에 비하면 얼마나 행복한가. 그러니 주저 말고 쓰기만 하면 된다. 맞춤법이 틀려도 네이버나 다음의 맞춤법 검사기로 돌리면서 고치면 될 일이고, 내용이 어색하면 그 역시 고치면 된다. 고치는 게 번거롭지 않느냐고 물을지 모르겠다. 하지만 어차피 눈을 뜨고 써도 고칠 부분은 나오게 마련 아닌가. 그러니 새삼스럽지도 않고, 새로운 작업이 추가되는 것도 아니다. 다시 말하지만, 앞에 썼던 내용을 의식하느라 진도가 안 나가는 일을 막을 수 있다는 점에서, 눈을 감고 글을 쓰는 것은 대단히 좋은 방법이다.

참고로 이 방법은 피곤할 때도 글을 쓸 수 있는 방법이기도 하다. 피곤하니 눈을 감고 반쯤 조는 상태에서 무의식적으로 글을 쓰는 것이다. 아무 짝에도 쓸모없는 것 아니냐고 지레짐작할 필요 없다. 일단 해보면, 의식의 흐름에 따라 글을 쓴다는 게 무엇인지 저절로 배우게 된다. 그리고 나중에 보면, 나름의 논리가 서 있음을 확인하고 깜짝 놀랄지도 모른다.

요컨대 내용은, 누군가의 방해를 받지 않고 창조하면 그만이라는 말이다. 그리고 그 누군가에는 내면의 비판자도 포함된다. 아니, 이 비판자야말로 가장 먼저 치워야 할 존재다. 비판자는 창조자가 일을 한 후에 뒤따라와야 하는 존재다. 그것도 한참 뒤에. 피터 엘보는 이를 이렇게 비유했다. 흥미진진하고 새로운 아이디어를 잔뜩 떠올리려고 하는데 누군가 나타나서 따지기 시작하는 것만큼 짜증스러운 일도 없다고. 맞는 말이다. 글을 쓸 때에는 비판자가 필요 없다. 비판자는 오직 글을 고칠 때만 필요하다. 쓰기의 과정에선 열정적 창조자가 필요할 뿐이다.

또한 생각의 초점을 단수에 맞출 필요도 없다. 하나의 생각에만 집중할 필요도 없다는 말이다. 터무니없어 보이는 생각도 일단 그대로 놔둔다. 그리고 재빨리 또 다른 엉뚱한 생각을 늘어놓는다. 그것들이 연결되고 전혀 새로운 관점에서 해석할 날이 온다. 좋은 아이디어, 새로운 관점은 무에서 유를 창조하는 것이 아니다. 무에서 유를 창조하는 일은 신만이 할 수 있다. 인간은 유에서 유를 창조한다. 그것도 다수의 유에서 소수의 유를 창조할 수 있을 뿐이다. 하늘 아래 새로운 것이 없고, 그 새롭지 않은 것들을 연결해야 새로운 무언가가 나온다. 그러므로 독창성은 제지 받지 않음으로써 발현되는 재능이다. 그 독창성이 맘껏 발휘될 수 있으면, 글에서 개성이 나타난다. 작가의 스타일은 이렇게 만들어진다.

글쓰기를 어려워하는 사람들은, 내면의 비판자가 맘껏 활개치게 놔둔다. 그것도 쓰기 과정에서. 일단은 창조자가 기운 낼 수 있게 격려하라. 그가 무엇을 하든, 제지하지 마라. 쓰기의 쾌락은 자기표현에서 나온다.

3. 글쓰기의 과정

1) 전체 수준

① 주제 써두기

작년쯤이었던가, 학생 한 명으로부터 황당한 이야기를 들었다. 자신은 글을 쓸 때 아무렇게나 쓰고, 내용에 맞춰 제목을 붙인다는 거였다. 따지고 보면 프리라이팅(Free Writing) 기법에 가까운데, 이는 미국에서 유행하는 방식이다. 프리라이팅이란 쉬지 않고 내면의 소리를 쓰는 방법이다. 우리가 배우는 일반적인 글쓰기 방식, 그러니까 '계획-생성-조직-표현-고쳐쓰기'와는 차이가 있다. 쉬지 않고 쓰고, 마지막에 고치면 글이 완성된다는 논리다. 하지만 그 경우도 제목과 주제를 정하지 않고 쓰는 건 아니다. 만약 그런 식이라면, 인디언 기우제 지내듯 글을 써야 한다. 다시 말해 원하는 주제에 관한 글이 나올 때까지 계속 써야 한다는 뜻이다. 참고로 인디언

들은 기우제를 지내면 100% 비가 내린다고 한다. 그 이유는 비가 내릴 때까지 기우제를 지내기 때문이다. 이런 방식의 글쓰기가 효과적일 리 없다.

원하는 주제에 맞게 글을 쓰는 방법이 있다. 제목을 쓰고, 그 아래 주제부터 써두면 된다. 왜 주제를 써야 할까? 명확한 목표가 있으면 내용이 주제에서 이탈할 때마다 바로 잡을 수 있기 때문이다. 학생들은 자기 글을 다시 살펴보는 법이 없다. 그래서 자기가 쓴 내용이 원래 하고자 했던 이야기에서 얼마나 동떨어져 있는지 깨닫지 못할 때가 있다. 그런 식으로 쓰면 시간과 노력이 낭비된다. 아무 의미가 없기 때문이다. 또한 글을 쓸 때 개요부터 쓰면 도움이 된다고 말하는 사람들도 있다. 물론 그것도 잘 활용하면 도움이 된다. 하지만 그 경우 초보자 입장에선 부담이 두 배가 된다. 나도 개요는 쓰지 않는다. 하지만 개요까진 아니더라도, 주제 정도는 미리 써둬야 좋다.

주제를 미리 써뒀을 때 가장 좋은 점은, 결단력이 생긴다는 데 있다. 글을 쓰다 보면 매순간 잘 써지거나 하진 않는다. 안 써져서 괴롭다가도 갑자기 '글발이 나오는' 경우가 대부분이다. 그럴 때는 신이 난다. 글은 잘 써지고, 내용도 재미있고, 내가 썼지만 참 잘 쓴 것 같다. 그런데 아차, 불안감이 엄습한다. 나는 정말 잘 쓰고 있나? 한

글 프로그램창의 스크롤을 위로 올린다. 그러면 거기에 미리 써둔 주제가 보인다. 그리고 내가 쓰고 있는 글은 원래의 주제 근처에도 가고 있지 않다는 사실을 깨닫는다. 그러면 어떻게 해야 하나? 눈물을 머금고 삭제해야 한다. 이때 삭제할 수 있는 이유는 내가 써둔, 눈에 보이는 명확한 주제 때문이다. 만약 주제를 미리 써두지 않았으면 어떻게 됐을까? 지우기 아까워서 이러지도 저러지도 못한다.

이 방법을 쓰기 전에는 나도 프리라이팅을 했다. 출판사는 책 한 권에 보통 A4 100페이지 정도를 요구한다. 100페이지가 많아 보이지만, 쓰다 보면 금방이다. 문제는 100페이지를 쓰는 게 아니다. 주제에서 벗어난 글을 썼다가 버리는 양이 그 두 배는 된다는 게 진짜 문제다. 다시 말해 300페이지를 써야 100페이지 분량의 책 한 권이 나온다. 나는 전업 작가가 아니다. 지방의 인문계 고등학교에 있다 보니, 야간 자습지도를 하면 10시에 끝난다. 그런 날이 일주일에 이틀이다. 나머지 5일 중 2일은 따로 야간 수업을 한다. 남은 하루는 쉰다. 그러니 내가 글을 쓸 수 있는 날은 주말로 한정된다. 안 그래도 쓸 수 있는 시간이 적은데, 그런 방식으로 글을 쓸 수는 없었다. 그래서 처음부터 챕터별로 주제를 써두기로 결심했다. 효과는 굉장했다. 써야 할 분량이 300페이지에서 200페이지로 줄었기 때문이다.

그 후 사람은 배워야 함을 다시 한 번 깨달을 기회가 있었다. 이 책을 쓰기 전 다른 작가들의 책을 참고삼아 살펴봤는데, 임정섭 작가가 쓴 『임정섭의 글쓰기 훈련소』에서 같은 내용을 소개하고 있었기 때문이다. 임정섭 작가는 글 쓰는 법을 전문으로 가르치는 강사이기도 하다. 만약 내가 미리 공부했더라면, 매번 책을 쓸 때마다 100페이지씩 더 쓰는 일은 없었을 것이다.

글은 다 쓰면 항상 확인해야 한다. 맞춤법에 맞는지, 유행어나 비속어, 은어를 사용하진 않았는지, '~습니다'로 쓰다가 '~이다'로 바뀌진 않았는지, 살펴야 할 부분이 많다. 하지만 형식보다 내용이 먼저다. 내용이 주제와 상관없으면 아무리 형식이 좋아도 의미가 없기 때문이다. 내용을 살필 때는 각 문단이 하나의 주제와 제대로 연결되어 있는지 살펴야 한다. 이게 교과서에서 다루는 통일성의 개념이다. 내용상 문제가 없으면, 제목 아래 써뒀던 주제는 안심하고 지워도 된다. 그리고 문단 수준, 문장 수준에서 형식적인 부분을 손본다. 그 작업까지 끝나면 한 편의 글이 완성된다.

② 반복해서 쓰기

반복해서 쓴다는 건 고쳐 쓴다는 의미와는 다르다. 같은 주제로 날마다 다시 써보는 것이다. 왜 그래야 할까? 처음부터 좋은 글이 나올 가능성이 낮기 때문이다. 옷을 사는 경우를 생각해 보자. 옷가게에서 옷을 고르다가 마음에 드는 옷을 찾았다. 그럼 색깔별로 다 사나? 그렇지는 않다. 같은 디자인도 색깔에 따라 나와 어울리는 정도가 다르다. 그러니 직접 입어보고 가장 마음에 드는 걸 골라야 한다.

글쓰기도 이와 같다. 마음에 드는 주제를 찾았으면, 그에 관한 글을 여러 개 써 본다. 그리고 가장 마음에 드는 글을 고르면 된다. 그런 면에서 보면 글쓰기는 물건 구매와 차이가 없다. 이를 간단히 말하자면 다음과 같다. 첫째, 글을 쓴다. 둘째, 같은 주제로 다음 날도 또 쓴다. 셋째, 둘을 비교해 보고 더 좋은 걸 고른다.

이 과정을 거치면 다음과 같은 경우를 만난다. 첫째, 어느 한 쪽이 일방적으로 잘 써진 경우다. 이 경우는 대개 처음보다 나중에 쓴 글이 낫다. 고민을 많이 했기 때문이다. 『대통령의 글쓰기』를 쓴 강원국 작가는, 대통령 연설문에 관해 3일 밤낮으로 생각하면 꿈에서도 연설문을 쓰는 자신을 발견한다고 한다. 심지어는 꿈속에서 완벽한 연설문을 만난 적도 3번이나 있었다고 한다. 강원국 작가는 이를 몰입이라 표현하는데, 반복해서 쓰기도 몰입에 들기 위한 과정이다. 그렇게 해서 잘 써진 것을 최종본으로 삼고 다듬는다. 그러면 글쓰기가 끝난다.

두 번째는 좀 더 어렵다. 이 경우는 각 글마다 좋은 점과 나쁜 점이 뒤섞인 경우다. 예를 들어 참신한 표현은 첫 번째 글이 낫고, 내용의 깊이는 두 번째 글이 더 나은 경우다. 이런 경우 일단 조금이라도 더 마음에 드는 쪽을 기준으로 삼는다. 그리고 고칠 수 있는 데까지 고친다. 마지막엔 다른 글에서 잘된 부분을 필요한 위치에 넣고 재배열한다. 내가 어렵다고 말한 건 이 과정 때문이다. 편집 능력이 요구되기 때문이다. 서로 다른 글을 합치는 건 생각보다 어려울 때가 있다.

나는 보통 최종 결과물이 나올 때까지 2배 이상의 노력을 기울인다. 무슨 말이냐 하면, 글을 쓸 때 100페이지를 목표로 하면 200페이지 이상을 쓰고, 발표 자료를 만들 때도 100장의 슬라이드가 필요하면 300장을 만든다는 뜻이다. 그런 다음 불필요한 부분을 버린다. 꼭 의도해서 그런 것은 아니고, 하다 보면 대략 그 정도 비율이 된다. 같은 부분을 다른 방식으로 표현해보고, 더 나은 것을 고른다. 사람마다 비율은 다를 수 있겠지만, 이런 일을 하다 보면 글의 완성도가 높아지고 더 자연스러운 글이 된다.

글 쓸 때 가장 경계해야 하는 태도는 한 번에 모든 것을 성취하려는 태도다. 물론 아무 기대 없이 쓴 글이 나중에 보면 정말 잘 쓴 경우도 있기는 하다. 그런 행운이 보이면 감사할 일이다. 하지만 그런 행운을 날마다 기대할 수는 없다. 행운을 기대할 수 없으면 땀으로 써야 한다. 그리고 그건 반복을 할 때 가능하다. 쓰다 보면 정말 말이 안 되는 글이 써진 날도 있다. 그러면 한글 프로그램에서 글을 아래로 죽 밀어버린다. 제목만 남기고 안 보일 때까지. 그리고 제목 아래 텅 빈 화면에 처음부터 글을 다시 쓴다. 그러면 10번에 9번은 더 좋은 글이 나왔다.

처음 쓰는 주제의 글은 특히 안 써진다. 쓰고 나서 자랑스러웠던 글이 다음 날은 창피한 경우는 매우 흔하다. 한숨은 나오지만, 그래도 실망할 건 아니다. 당신은 지금 막 글 쓸 재료를 얻은 것이다. 다시 말해 처음부터 '글'을 얻으려고 애쓰지 않아도 된다. 이걸 토대로 다시 글을 쓰는 작업을 한다. 이때 먼저 쓴 내용 중에 쓸모 있는 부분을 골라낸다. 그리고 필요한 부분에 넣는다. 일종의 재활용이다. 이런 일을 반복하면 더 괜찮은 글이 나온다. 재료가 풍부해야 좋은 음식이 나오고, 옷감이 풍부해야 예쁜 옷을 만들 수 있다. 글쓰기도 그렇다. 더 나은 수준의 재료를 계속 확보해 보라. 그러면 마음에 드는 글을 얻을 수 있다.

글을 쓰는 일은 자기 단련 과정이다. 끔찍한 글이라고, 왜 내가 이것밖에 못 쓰냐고 한탄하지 마라. 그럴 필요 없다. 나 역시 때때로 그런 생각이 들지만, 그럼에도 불구하고 책상 앞에서 다시 쓸 때마다 글이 더 나아졌다. 나탈리 골드버그 같은 대작가도 글쓰기를 두 달마다 때려치우고 싶은 생각이 든다고 했다. 나 역시 그렇다. 쓰다가 안 되면 쉰다. 그러나 쉴지언정 멈추지는 않는다. 다시 쓰고 또 써 보라. 자부심을 채워주는 글이 나온다.

2) 문단 수준

단락 구분

학생들이 글을 들고 찾아오는 경우가 있다. 나는 받자마자 1초 만에 돌려준다. 형식을 갖추지 못했기 때문이다. 그게 뭘까? 문단 구분이다. 학생들은 글 쓸 때 문단 구분을 안 한다. 왜 그런지 정확한 이유는 모르겠다. 다만 독자를 생각하고 글을 써야 한다는 생각이 부족하니 그런 게 아닐까 추측만 한다. 그런 학생의 비율이 얼마나 될까? 100%다. 한 번도 문단 구분을 제대로 해서 글을 써 온 학생을 본 적이 없다.

문단의 개념은 비교적 현대에 나온 개념이라고 한다. 그 전에는 그런 개념조차 없었다. 불편함이 없진 않았겠지만, 글을 나눠서 보여줘야 잘 읽힌다는 생각을 하지 못한 게 아닐까 싶다. 지금은 인터넷 블로그에 글을 올리는 경우가 많다. 글은 읽는 게 아니라 보는 게 되었다. 블로그에 익숙해지면 종이에 써진 글은 더욱 읽기 힘들어진다. 그러니 문단은 더 자주 나눠야 한다. 독자들의 집중력이 떨어지고 있기 때문이다.

앞서 글을 쓰고 나서 고칠 때는 내용이 더 중요하다고 했다. 그다음 형식적인 면을 손봐야 한다고도 했다. 형식을 손볼 때 첫 번째할 일이 문단 나누기다. 처음부터 문단을 나눴으면 더 좋았겠지만, 하지 않았다면 고칠 때라도 해야 한다. 보기 좋게 쓰지 않은 글은 아무도 안 읽는다. 반복해서 말하지만 독자를 배려하지 않는 글은 외면당한다. 배려는 내가 먼저 해야 받을 수 있다. 그런 글을 쓰지 않으면 시간낭비로 끝난다. 얼마나 공을 들였든, 그건 의미가 없다. 가장 어리석은 일은 하지 않아도 될 일을 열심히 한 경우다.

나야 내 학생이니까 열심히 읽어줄 수도 있다. 하지만 학생과 친분이 없는 사람은 그럴 이유가 없다. 입학사정관은 내가 아니고, 회사의 상사도 내가 아니다. 그러니 누가 읽어도 납득할 만한 보편적기준에 맞춰 글을 쓰라고 한다. 그게 누구나 읽을 법한 글을 써야 하는 이유다. 일기는 나만 생각하고 써도 된다. 그러나 그렇게 써도되는 건 일기뿐이다.

1초 만에 돌려보낸 글은 1시간이 지나야 다시 온다. 당연하다. 생각도 못한 부분부터 하나하나 고치는 일이 어렵기 때문이다. 문단을 나누는 기준은 무엇인가? 생각 덩어리 하나다. 문단마다 소주제가 있는 까닭은 그 때문이다. 또한 각 문단의 내용은 그 자체로 매끄럽고 완전해야 한다. 이 기준에 맞지 않으면 내용 수정도 함께 한다. 그러다 보니 나는 1초지만, 학생들은 최소 1시간이 걸리게 된다. 적절히 문단을 나누고, 내용을 제대로 된 순서로 배열하고, 필요하면 내용 자체를 고친다. 이 모든 게 괜찮은 글을 만들기 위한 단계다.

모의고사나 수능 국어 영역 지문을 생각해 보라. 비문학 영역 지문이 단락 구분도 안 된 경우를 본 적이 있는가? 그런 경우는 없다. 참고로 수능 국어 영역 지문은 길면 2,000자 안팎이다. 문단 구분도 안 된 2,000자짜리 글을 한 번에 읽을 수 있겠는가? 그렇지는 않을 것이다. 그러니 글의 내용을 적절히 이해했는지 물으려면 읽기 좋게 내용 배열부터 해줘야 한다. 읽을 수도 없는 지문을 내고, 능력을 평가하겠다고 한다면 그 시험이 올바른 시험일 리 없다. 시험을 칠 때 수험생은 독자다. 출제위원이 독자를 배려하듯이, 여러분도 그렇게 글을 쓰면 된다.

3) 문장 수준

① 수식어가 늘어나는 이유

문장을 고치는 방법은 앞 장에서 상세히 설명했다. 그중 가장 중요한 게 수식어 삭제라고도 이야기했다. 여기서는 수식어가 왜 자꾸 늘어나는지 원인을 설명하겠다. 수식어가 늘어나는 가장 큰 이유는 글 쓰는 수단의 변화다. 원고지에 글을 쓰면 어떤 일이 벌어질까? 문장을 고칠 때 두 줄을 긋고, 그 위에 다시 써야 한다. 각종 수정 기호를 알아야 하고, 이를 정확하게 지켜 사용해야 한다. 그래야 다시 볼 때도 편하기 때문이다. 또한 한 번 수정한 내용은 다시 고치기도 어렵다. 새로운 내용을 쓸 공간이 없어서다. 결국 한 번 쓸 때마다 신중하게 쓸 수밖에 없고, 정 안되면 해당 페이지를 찢고 다시 써야 한다.

하지만 요새는 원고지 사용은 물론이고, 수정 기호를 배울 일도 없다. 아무도 그렇게 글을 쓰지 않으니, 필요 없기 때문이다. 사람들은 컴퓨터로 글을 쓴다. 이때 잘라내기와 붙여넣기 기능은 무적이다. 아무 데나 갖다 붙일 수 있어서 편집이 쉽다. 또한 몇 번을 지웠다 쓰든, 흔적도 남지 않는다. 한글 파일을 작성하다가 틀렸다고 새 파일을 열어 작성하는 사람은 없다. 그냥 쓴 내용을 지우고 다시 쓰면 그만이다. 그런 면에서 컴퓨터는 글쓰기의 혁명적 도구라 할 만하다.

문제는 오히려 그게 너무 쉽다는 데 있다. 글을 쓰는 사람은 불안하다. 독자가 내 뜻을 제대로 이해해줄지 조바심나기 때문이다. 그래서 자꾸 설명을 더하고 싶다. 그게 사람 심리다. 그래서 쉽게 고치고 덧댄다. 이미 충분한 문장에 꾸며주는 말을 계속 넣는다. 그 결과 문장은 길어지고, 내 뜻은 하나도 전달되지 않는다.

억지로 글을 불편하게 쓸 이유는 없다. 새삼 원고지 쓰기로 돌아갈 필요는 없다는 뜻이다. 하지만 도구가 아무리 좋아도, 쓰는 사람이 불안하면 나쁜 결과만 나온다. 독자의 이해력을 믿지 못해 주절주절 늘어놓는 글은 매력이 없다. 뜻만 전달할 수 있으면 문장은 길지 않아도 좋다. 그러니 수식어를 늘리는 대신, 글 쓰는 사람은 다른 일을 해야 한다. 동의까진 아니어도 이해는 되는지, 예의에 어긋난 표현은 없는지를 살피는 게 그 일이다. 독자를 생각하되, 초점은 이해와 더불어 공감에 맞춘다. 그럴 수 있어야 좋은 글이 만들어진다.

② 사비유 금지

박종인 기자는 사(死)비유의 개념을 제시했다. 그가 말하는 사비유란 죽은 비유다. 이는 처음에는 참신했지만 지금은 그렇지 못한 비유를 말한다. 더 나아가 식상한 느낌마저 주는 표현이 사비유다. 그런 것에는 무엇이 있는가? 예를 들어 보자. 인터넷 신문을 보면 여자 연예인을 가리켜 '무슨무슨 여신'이라는 표현이 등장한다. 그러면 기사 밑에는 이런 댓글이 달린다.

"여신이 너무 많아 신전 미어터지겠네."

'여신'이라는 표현도 처음에는 참신한 칭찬이었을 게 분명하다. 하지만 그 표현이 남발되자 여신의 격조가 떨어져 버렸다. 이제 사람을 여신에 비유하는 일은 불경스러워서 문제가 아니라, 뻔해서 문제가 됐다. 그런 표현은 식상함만 가져온다. 이런 표현에는 또 뭐가 있을까? 신문에 흔히 등장하는 '~해서 화제다'와 같은 표현도 사비유다. 박종인 기자는 이 표현이 일제시대에도 있었던 표현이라고 설명한다. 아무도 고쳐 쓰지 않고, 더 나은 표현을 찾지도 않아 90년이 지난 지금도 그대로 쓰인다는 것이다. 엄밀히 말하면, 판에 박은 듯 똑같은 표현이 100년 가까이 남발되는 상황이 진짜 화젯거리다.

그밖에도 박종인 기자는 다음과 같은 표현이 문제라고 지적한다.

· 불 보듯 뻔하다
· 잔잔한 감동을 불러일으키고 있다
· ~해서 감회가 새롭다
· ~해서 진땀을 흘렸다

그냥 뭐가 뻔한지, 뭐가 감동적인지 설명하는 편이 낫다. 감회가 새로울 수밖에 없는 상황을 설명함이 낫고, 왜 진땀을 흘렸는지 설명함이 낫다. 저런 표현을 쓰면 작가의 생각과 감정을 독자에게 강요하는 꼴이 된다. 게다가 사비유는 글의 맥을 끊어버린다. 독자는 참신하고 마음에 와 닿는 표현을 원한다. 아직 거기까지 쓰기 어렵다면, 차라리 뻔한 표현을 쓰지 않는 편이 낫다.

③ 문장 호응 살피기

문장 호응은 학생들이 자주 실수하는 부분 중 하나다. 주어와 그에 대응하는 서술어의 관계를 생각하지 않기 때문이다. 문장 호응이 제대로 이뤄지지 않는 경우는 하나뿐이다. 문장이 긴 경우다. 경험으로 보면, 고등학생 수준에서 A4 용지를 기준으로 한 줄 반이 넘어가면 비문인 경우가 많았다.

아래는 김형배 한글문화연구소 소장이 한겨레 신문에 썼던 내용을 인용한 것이다. 문장 호응과 관련하여 어떻게 고쳐야 좋을지 생각해 보자.

(1) 대한민국의 앞날을 이끌어갈 주인공이므로 어른들은 청소년을 바르게 지도할 책임이 있다.

(2) 분명한 것은 그들이 과거의 잘못을 반성하고 앞으로 성실한 사람으로 살아갈 것은 틀림없습니다.

(3) 훼손된 언어 환경을 다시 깨끗하게 만들려면, 많은 비용과 노력, 그리고 긴 시간이 들 것이다.

(4) 이 지역은 무단 입산자에 대하여는 자연 공원법 제60조에 따라 처벌을 받게 됩니다.

(5) 이 방법은 아주 오래전에 체계화되어, 여러 곳에 썼었다.

답을 알겠는가? 본인이 생각한 답과 맞는지 아래 해설을 살펴보자.

(1)에서는 '주인공이므로'에 대한 주어가 빠져 있다. 뒤에 '청소년'이 나오므로 내용상으로 주어인 '청소년은'을 주어로 내세워야 문법적인 문장이 된다.

(2)의 문장이 부자연스럽게 된 이유는, 주어를 '분명한 것은'으로

세웠다가 도중에 '살아갈 것은'으로 바꾸어 썼기 때문이다. '분명한 것은 ~ 살아가야 한다는 것입니다.'로 하거나, '분명한 것은'을 없애면 자연스러운 문장이 된다.

(3)에서 '비용과 노력'은 '들다'와 호응하지만, '시간'은 '들다'와 어울리지 않으므로 주어인 '시간이'와 어울리는 서술어 '걸릴 것이다'로 호응을 이루는 것이 좋다.

(4)에서 주어인 '이 지역은'이 '처벌을 받게 됩니다'에 걸려 의미상으로 부자연스럽다. 서술부를 '~하는 곳입니다.'로 호응을 이루게 하든지 '입산하는 자는 ~처벌받게 됩니다.'로 호응을 이루도록 하는 것이 자연스럽다.

(5)의 문장은 표면상으로 하나의 주어에 두 개의 서술어가 관련되어 있다. 주어인 '이 방법은'이 선행문의 서술어 '체계화되어'와는 호응을 이루지만, 후행문의 서술어 '썼었다'와는 호응을 이루지 못한다.

문장을 짧게 쓰는 연습을 하면, 문장 호응 문제는 거의 해결된다. 반면 문장을 길게 쓰면 호응 관계까지 신경 쓸 수 없다. 주어와 서술어는 문장 핵심이다. 양대 축이 바로 서야 좋은 문장이 될 수 있다.

그밖에도 처음 한두 문장은 '~입니다'로 썼다가, 그 다음부턴 '~이다'로 쓰는 경우를 종종 본다. 이 또한 자기 글을 다시 살펴보지 않아 생기는 문제다.

4) 고쳐 쓰기

당나라 승려이자 시인으로 가도(賈島)라는 사람이 있었다. 그가 말을 타고 가다 시 한 수가 떠올랐다.

> 閑居隣竝少 이웃이 드물어 한거하고
> 草徑入荒園 풀숲 오솔길은 황원에 통하네
> 鳥宿池邊樹 새는 연못가 나무 위에 잠들고
> 僧敲月下門 중은 달 아래 문을 두드린다

그런데 고민이 생겼다. 마지막에 문을 두드린다(敲)고 해야 할지, 민다(推)고 해야 할지 결정하기 어려웠기 때문이다. 고민하는 동안 길에서 마주친 한유(韓愈)의 행차를 가로막고 말았다. 한유는 장안을 다스리는 고위 관리였기 때문에, 가도는 즉시 끌려갔다. 끌려간 가도가 자초지종을 말하니, 한유가 생각하다가 말했다.

"그렇다면 역시 두드린다가 낫겠네."

이후 시를 지을 때 여러 번 고치는 일을 '퇴고(推敲)'라고 하게 되었다는 이야기다.

퇴고의 의미는 글을 '고친다'에 있다. 16자로 된 한시에서 단 한 글자를 어찌할까 고민하는 사람도 있다. 그런데 많은 사람들이 자기 글을 고치는 데 인색하다. 이유는 둘 중 하나다. 글을 잘 썼다는 확신이 있거나, 아니면 귀찮거나.

먼저 글을 잘 썼다는 확신에 대해 살펴보자. 학생들 글쓰기 과정과 심리는 이렇다. 일단 글을 다 쓰면 뿌듯하다. 성취감이 있다. 힘든 일을 끝냈기 때문이다. 내가 쓴 글은 더없이 훌륭해 보인다. 착각이다. 고칠 부분은 수도 없이 많다. 학생들에게 글쓰기 과제를 내주면, 사람들이 얼마나 착각 속에 사는지 알 수 있다. 아무리 다시 살펴보라고 해도, 그러는 법이 없다. 다 쓰자마자 자리에서 벌떡 일어난다. 그리고 가져온다. 그러면 소리 내어 읽어보라고 한다. 읽다가 당황한다. 말이 안 되는 문장이 보여서다. 그런 문장이 한두 개가 아니다. 주어에 대응하는 서술어가 아니고, 했던 말을 또 써놨고, 자기도 왜 썼는지 모르는 말들이 들어가 있다. 글의 요점은 찾을 수도 없다. 읽다가 목소리가 작아진다. 더 읽고 싶지 않아서다.

돌아가라고 하면, 얼굴이 벌개져서 머리를 긁적이며 돌아간다. 결국 다시 쓴다.

글쓰기 수업에서 화가 날 때가 있다. 한 학생이 이런 과정을 여러 번 반복할 때다. 글을 쓰는 데만 골몰하고, 고쳐오라고 하면 전체가 아니라 부분만, 찔끔 고치고 나서 다시 가져온다. 왜 이런 일이 벌어지는가? 첫째, 모든 초고는 부족하다는 사실을 인정하지 않기 때문이다. 둘째, 독자를 생각하지 않기 때문이다. 내 말 하고 싶은 대로 표현은 다 했으니, 글쓰기도 끝났다는 착각. 내 글을 받아 본 사람이 이해할 수 있는지 어떤지는 무관심한 태도. 그 생각과 태도가 마음에 들지 않아 화가 난다. 상대에 대한 예의가 느껴지지 않기 때문이다. 귀찮아서 고쳐 쓰지 않은 경우는 말할 필요도 없다.

모든 글은 연애편지 쓰듯 써야 한다. 손 글씨로 남자 친구나 여자 친구에게 편지를 쓴다고 생각해 보라. 일단 예쁜 편지지를 산다. 틀리게 쓰면 안 되니, 따로 종이를 마련한다. 거기에 초안을 쓴다. 고치고 또 고친다. 단어 하나까지 고민한다. 내 마음이 더 잘 전달돼야 하니까. 혹시 맞춤법이 틀렸을까 걱정된다. 틀리면 창피하기 때문이다. 그래서 네이버나 다음으로 맞춤법을 찾아본다. 그러다 보면, 처음 초안을 쓴 시간만큼 고치는 데 시간을 보내게 된다. 때로는 더 많은 시간이 필요할 때도 있다. 좋은 글은 이렇게 나온다. 상대를 위하고, 내 마음과 생각이 온전히 전달될 수 있도록 노력함으로써.

기억해야 한다. 글은 고쳐야 한다. 글쓰기의 가장 중요한 작업은 고쳐 쓰기다. 고쳐 쓰지 않으면 내용은 전달되지 않는다. 내 생각을 적었으니 나는 이해할 수 있다. 하지만 나만 이해할 수 있으면 일기다. 평생 일기만 쓸 게 아니라면 상대방을 고려해서 써야 한다. 그런 생각이 의식에 박혀 있어야 한다.

고칠 때는 기준이 있다. 제1의 기준은 재미다. 앞서도 말했지만, 재미없는 글은 아무도 안 읽는다. 진중하고 무거운 내용도, 좀 더 가볍게 쓸 수 없는지 고민한다. 자기부터 재미없는 글은 남도 읽고 싶지 않다. 그러니 재미있게 쓰려 노력해야 한다. 그러려면 일단 쉬워야 한다는 사실은 앞서 이야기했다. 이해가 되어야 재미도 느낀다. 그러니 재미가 없으면 다시 써야 한다. 그게 독자에 대한 최고의 배려다.

두 번째 기준은 공감 가는 표현이다. 아무리 논리적으로 말해도, 공감이 안 가면 쓸모가 없다. 정치인들 TV 토론회를 보라. 한쪽이 일방적으로 퍼붓고, 다른 한쪽이 일방적으로 밀릴 때가 있다. 그러면 어떤 결과가 나오는가? 내 편을 버리고 상대편을 지지하는가?

아니다. 유권자는 각각 지지하는 후보에게 더 쏠린다. 이긴 쪽은 우리가 논리적으로 '이겼으니까' 지지한다. 진 쪽은 '불쌍해서' 지지한다. 사람 생각 바꾸는 게 이렇게 어렵다. 내 말이 내용상 옳아도, 상대의 자존심을 건드리는 표현은 삼가야 한다. 진실은 차갑다. 그래서 그걸 목구멍에 쑤셔 넣고 싶은 사람은 없다. 그런 표현이 보이면 전부 순화해서 고쳐 쓴다.

세 번째는 분량이다. 분량은 글의 균형을 위해 고려해야 한다. 가령 '교복 착용에 대한 찬반 여부'를 주제로 글로 쓴다고 해보자. 내 의견이 처음부터 찬성이면, 시작부터 내 입장을 밝히고 찬성인 이유를 밝히면 된다. 하지만 찬반 양쪽의 의견을 소개하고 싶다면 상황이 달라진다. 그럴 때는 양쪽의 주장을 비슷한 분량으로 실어야 한다. 찬성하는 이유와 반대하는 이유의 분량을 맞춰야 한다는 뜻이다. 그렇지 않으면 공정하지 않은 글이 된다. 한쪽이 지나치게 많으면 덜어내고, 적으면 보충해야 한다. 글쓰기가 직업인 사람 중에도 분량 배분이 공정하지 않은 경우가 있다. 그렇게 글을 쓰면 편협하다는 말을 듣는다.

네 번째는 문법적 오류 확인이다. 학생들이 소리 내어 읽기와 함께 가장 안 하는 게 맞춤법 검사다. 자기 글을 복사해서 인터넷에서 맞춤법 검사기로 돌려보면 되는데, 그조차 안 한다. 오탈자가 자주 발견되면 글 쓴 사람에 대한 호의가 사라진다. 상대방이 무식하다고 생각하기 때문이다. 그러면 그런 사람과는 어울리고 싶지 않다는 생각이 든다. 남들 다 아는 맞춤법마저 틀리면, 정 떨어지는 정도는 두 배가 된다. 참고로 회사 인사 담당자들이 똑같이 하는 말이 있다. 입사 서류에서 맞춤법이 틀리면 더 이상 읽기 싫다는 말이 그것이다. 어휘 능력이 하루아침에 생길 리 없다. 영어 단어 공부하는 반만큼만 노력해도 된다. 그조차 번거롭다면 책을 자주 읽어야 한다.

다섯 번째는 소리 내어 읽기다. 열심히 고쳤는데 발음해 보면 어색한 부분이 있다. 리듬이 깨져서 그렇다. 수식어가 많아 표현이 장황하면 그리 된다. 글자 수가 많은 단어가 쓰여도 그렇다. 조사가 남발되어도 읽기 불편하다. 특히 관형격 조사 '의'는 대개 생략해도 된다. '우리의 소원이 무엇인가?' 보다 '우리 소원이 무엇인가?' 가 읽기 좋다. 또한 단도직입적인 느낌을 준다. 뜻이 바뀌지도 않는다. 그러니 생략하라는 것이다. 이런 글자 하나 때문에 리듬이 깨진다. 독자는 읽다가 막히면 멈칫한다. 그러면 멈춘 부분부터 다시 읽는다. 심하면 앞으로 돌아간다.

그밖에도 단어 순서를 바꾸면 읽기 편한 경우가 있다. 그러면 당연히 바꿔준다. 특히 이 경우가 소리 내어 읽기 전까지 알 수 없는 경우다. 문법적 오류가 없기에 더욱 그렇다. 하지만 읽어보면 분명

차이가 난다. 좋은 글이 갖는 특징 중 하나가 리듬이다. 그런 글을 쓰고 싶다면 방법은 하나다. 소리 내어 읽어 보면 된다. 가장 좋은 리듬이 나타날 때까지.

소리 내어 읽기는 체력 부담이 있다. 그래서 다들 기피한다. 꼭 큰소리로 읽지 않아도 된다. 작게 소리 내어 읽어 본다. 사람들은 싫어하지만, 막상 소리 내어 읽어 봐야 글 쓰는 시간이 절약된다.

참고로 글 쓸 때 처음부터 계속 고쳐 쓰면 안 된다. 그래서는 진도가 안 나간다. 그러니 일단 계속 쓰는 게 중요하다. 다 쓰고 나면, 그 다음부터 고치고 또 고친다. 쓰고 나서 바로 보면 틀린 부분이 안 보인다. 그러니 잠시 머리를 식히고 나서 다시 본다. 그러면 글이 객관적으로 보인다. 내가 아니라 남이 쓴 글처럼 보여야 글을 더 잘 고칠 수 있다. 머리를 식히기 위해 내가 쓰는 방법은 게임을 하거나, 전혀 상관없는 책을 읽거나, 잠을 자는 일이다. 어떤 방식이든 좋다. 본인 방식으로 시간을 때운 다음 다시 글을 꺼내 본다. 이 과정을 몇 번은 거쳐야 한다. 자주 할수록 완성도가 높아진다.

여기까지가 내 퇴고 과정이다. 앞서 설명했던 내용을 다시 정리한 느낌을 받을 수 있겠다. 퇴고의 과정 자체가 다시 쓰는 과정이어서 그렇다. 초고는 쉽게 써도 된다. 퇴고는 그럴 수 없다. 신중해야 하기 때문이다. 신중하다 함은 여러 번 반복해야 한다는 뜻이다. 그래야 완성도가 높아지니까. 그 과정을 마치면 글을 남에게 보여줄 수 있다. 초보자는 반대로 한다. 초보자는 첫 줄부터 신중하게 쓴다. 그래서 한 줄도 안 나온다. 어떻게든 다 쓰고 나면, 퇴고는 하지 않으려 한다. 그러면 발전이 없다. 글을 쓰는 데에도 힘 조절이 필요하다. 힘을 어느 단계에 얼마나 줄 것이냐를 정확히 알 때가 글쓰기에 재미 붙일 수 있는 때다. 힘은 처음이 아니라 마지막에 준다.

4장
글쓰기와 독서

1. 책을 읽는 두 가지 방법

1) 취미 독서와 공부 독서

독서의 방식은 두 가지가 있다. 하나는 즐기기 위한 독서, 또 하나는 공부하기 위한 독서다. 속도를 기준으로 하면, 즐기기 위한 독서는 슬로우 리딩(Slow Reading)이고, 공부를 위한 독서는 패스트 리딩(Fast Reading)이다. 즐기기 위한 독서를 강조하는 사람으로는 유시민이 있다. 그는 책을 통해 공감할 수 있어야 한다고 말한다. 그래야 공감할 수 있는 글을 쓸 수 있기 때문이다. 확실히 그런 면이 있다. 어렸을 때 읽은 소설책을 떠올려 보라. 주인공 이름도, 줄거리도 전혀 기억이 안 날지도 모른다. 다만 책을 읽었을 때의 감정이 어떠했는지는 남아 있다. 그건 『제인 에어』처럼 냉정한 사회에 대한 분노일 수 있고, 『우동 한 그릇』처럼 따뜻한 세상에 대한 감동일 수 있다.

이런 관점에서 보면, 독서란 취미 활동이다. 이런 주장을 하는 사람으로는 『1만 권 독서법』을 쓴 인나미 아쓰시도 있다. 그는 지식을 쌓기 위해서 책을 읽는 게 아니라고 말한다. 그보다는 마음에 다가오는 단 한 줄을 찾기 위해 책을 읽는다고 한다. 영화관에 영화를 정복하러 가는 사람은 없다. 음악을 정복하기 위해 듣는 사람도 없다. 독서도 그리 하면 된다는 게 그의 주장이다. 영화가 좋으면 두 번도 보고, 세 번도 본다. 더 좋으면 블루레이로 구매하고 소장한다. 책도 그렇다. 도서관에서 빌려 읽은 책도, 마음에 꼭 들면 사기도 한다. 몇 번이고 책장에서 꺼내 읽기 위함이고, 감동을 되새기기 위함이다.

게다가 좋은 글을 자주 읽고 감동을 받는 건, 사람이 사람답게 성장하는 데 꼭 필요하다. 세상이 아름답기만 한 것은 아니다. 그러나 그것이 나도 아름답지 않게 살아야 할 이유는 되지 못한다. 물론 현실은 이상과 다르다. 하지만 그렇기에 노력이 의미가 있다. 현실과 이상의 차이를 줄이기 위한 노력이 좋은 세상을 만드는 데 도움을 주기 때문이다. 그렇게 생각하면 대안 없는 현실부정도 문제지만, 현실과 타협하며 자신을 합리화하는 것도 문제가 된다. 독립 운동을 하고 민주화 운동을 했던 사람들은, 자신이 보상을 받을 수 있다고 믿어서 싸운 것이 아니다. 자신의 희생으로 더 좋은 세상이 오리라 믿었기 때문이다. 그리고 책을 통해 감동을 받는 일은 나를 더 좋은 사람으로 만드는 데 도움을 준다.

2) 패스트 리딩과 발췌

패스트 리딩은 즐기기 위한 독서가 아니다. 오히려 즐기려는 마음을 억눌러야 한다. 맛을 느끼기 위한 독서는 속도가 느릴 때 가능하기 때문이다. 패스트 리딩은 철저히 공부하기 위한 과정이다. 나는 이 책에서 패스트 리딩에 초점을 맞춰 설명하고 있다. 그 과정을 설명하기 위해, 내가 책을 쓰는 과정을 예로 들겠다. 갑자기 어떤 분야의 책을 쓰고 싶을 때가 있다. 여기까지는 아이디어 수준이다. 이 아이디어를 책으로 남기려면 몇 단계를 거쳐야 한다. 첫째, 공부해야 한다. 모르는 분야일수록 더욱 그렇다. 이때는 책을 미리 검색한다. 평이 괜찮은 책을 골라 스무 권쯤 산다. 나는 시골에 살아서 인터넷으로 보고 산다. 하지만 도시에 있을 때는 서점에 갔다. 거기서 직접 보고 마음에 드는 책을 샀었다.

둘째, 집에 오면 그 책들을 단시간 내 읽어야 한다. 시간이 갈수록 흥미가 떨어지기 때문이다. 흥미가 줄면 의욕도 준다. 의욕이 최고조일 때, 책을 그야말로 읽어치운다. 이때 플래그잇을 사용한다. 플래그잇은 포스트잇과 다르다. 포스트잇은 종이로 되어 있지만, 플래그잇은 반투명한 비닐 형태다. 책을 보다가 마음에 드는 부분, 새로 알게 된 부분에 플래그잇을 붙인다. 참고로 포스트잇보다 플래그잇이 비싸다. 그런데도 플래그잇을 붙이는 이유가 있다. 그래야 그 아래 책의 글자가 보이기 때문이다. 포스트잇을 붙이면 책을 다시 볼 때마다 일일이 떼었다가 붙여야 한다. 비효율적이다. 당연한 얘기지만, 플래그잇이 많이 붙은 책일수록 가치가 높다. 그런 책은 둘 중 하나다. 새로 알게 된 내용이 많거나 마음에 울림을 주는 부분이 많은 책이다.

셋째, 이렇게 한 권을 읽을 때마다 플래그잇을 붙인 부분만 옮겨 쓴다. 쓰면서 읽었던 부분을 옮겨 적으면 이해가 더 잘 된다. 예를 들어 보자.

제목 : 〈표현의 기술〉

p.13 "나는 그저 나를 표현하려고 글을 쓴다. 그런데 남들이 많이 읽고 이해하고 좋아해 준다. 그런 것을 목표로 삼지는 않았지만 나도 좋긴 하다." 김훈다운, 솔직하고 자존심 넘치는 대답입니다.

p.17 〈나는 왜 쓰는가〉라는 번역본이 나와 있으니 글쓰기에 관심이 있는 분은 가볍게 일독해 보시기 바랍니다.

p.27 저는 자유롭게, 그리고 정직하게 글을 쓰고 싶습니다. 그러려면 경제적으로 타인에게 의존하지 말아야 합니다. 누군가에게

의존하면 비굴해지거든요. 쌀독을 채우기 위해서 누군가의 심기를 살피고, 그렇게 해서 마음 내키지 않는 글을 써야 한다면 작가로 살아간다는 것이 서글퍼질 겁니다.

p.29 시골 공공도서관에 가면 기분이 좋습니다. 그 동네에서 책을 좋아하는 분들은 대부분 공공도서관을 이용합니다. 그런 분들 덕분에 작가들이 경제적 독립을 유지하면서 소신껏 글을 쓸 수 있죠. 그분들은 그분들대로 제가 먼 길 왔다고 해서 좋아하고 고마워합니다.

p.32 나를 표현하는 것과 세상을 더 좋게 바꾸는 것 사이에 울타리를 세우지 않았으면 좋겠습니다. 훌륭한 생각과 감정을 아름답게 표현한 글은 저절로 정치적 영향력을 행사하게 됩니다. 정치적 목적을 잘 이루려면 아름답게 글을 써야 합니다.

p.44 어쨌든 글쓰기는 자기 성찰을 동반하는 것이죠. 글에 나타난 내 모습이 싫으면 마음에 들 때까지 반복해서 글을 고칩니다. 글만 고치는 게 아니라 제 자신을 고치는 작업이지요. 어떤 모습이 싫으냐고요? 무엇인가에 묶인, 틀에 박힌, 뻣뻣하게 굳은 모습입니다. 저는 그게 제일 싫어요.

p.55 예술성이 완전히 꽝인 글로는 다른 사람의 생각을 움직이지 못한다는 이야기를 하는 겁니다.

(이하 생략)

옮겨 적을 때는 컴퓨터에 폴더를 만들어 한글파일 형태로 저장하거나, 블로그에 분야별로 게시판을 만들어 저장한다. 나는 블로그에 올려두고 분야별 독서가 끝나면 한꺼번에 내려 받아 출력했다. 그리고 내가 쓸 책의 목차를 보면서 해당 내용을 어디에 활용하면 좋을지 고민했다. 그러면서 내가 하고 싶은 이야기의 구체성이 생긴다.

거기에 더해 책의 저자들이 공통으로 주장하는 내용이 뭔지 확인하고, 차이가 나는 부분은 어느 쪽을 택할지 결정한다. 그 과정에서 나만의 주관이 생긴다. 그렇게 알게 된 것과 내 생각을 정리해 책으로 만든다. 이것이 속성으로 공부하며 책을 쓰는 방법이다.

이 방법은 나만 쓰는 것이 아니다. 기본 원리는 『도쿄대생은 바보가 되었는가』, 『나는 이런 책을 읽어 왔다』, 『다치바나 다카시의 서재』를 쓴 다치바나 다카시도 똑같다. 다산 정약용도 같은 방식으로 500여 권의 책을 저술했다. 주제 정하기, 필요한 부분 골라 베껴 쓰기, 목차별로 정리하고 책 만들기의 3단계가 그가 사용한 방법이었다. 다산은 필요한 부분을 골라 베껴 쓰고 정리하는 방법을 초서라 불렀다. 그가 아들들과 주고받은 편지는 지금도 남아 있는데, 그중 초서에 관해 이야기한 부분이 있다. 아들 정학유가 초서법이 의미가 있는지 묻자, 정약용은 편지에서 이렇게 답한다.

"초서를 잘하면 100권의 책읽기도 능히 열흘이면 끝낼 수 있다."

나는 100권의 책을 열흘 공부로 끝내는 재주는 없다. 그래도 계속 노력하면, 평생 50권 정도는 쓸 수 있지 않을까 생각한다. 꼭 책쓰기 과정이 아니어도 상관없다. 기본 원리는 모든 글쓰기에 똑같이 적용되기 때문이다. 혹시 글을 쓰다 멋있는 말을 인용하고 싶은데, 그게 어느 책에 나온 내용인지 몰라 곤란했던 적이 있는가? 아니면 읽기는 읽었는데 머리에 남는 게 없어서 고민인가? 만약 그렇다면 당신도 초서법을 사용해보면 어떨까? 그렇게 해서 만든 독서노트는 무엇과도 바꿀 수 없는 자산이 된다.

2. 빠르게 책을 보는 법

앞서도 말했지만, 감동 받기 위한 독서라면 천천히 읽어야 한다. 하지만 글쓰기 위한 독서는 다르다. 글 쓸 재료를 모으는 거라면, 최단기간 내 독서를 끝마쳐야 한다. 6개월이고 1년이고 질질 끌면 안 된다. 그러면 시간이 지나도 여전히 아마추어로 남는다. 아마추어로 남지 않는 몇 가지 기술을 소개한다.

1) 우선순위를 정하고 본다

흔히 고전인문 분야는 강조된다. 물론 고전인문서를 읽으면 생각하는 힘을 기를 수 있다. 하지만 가장 먼저 읽어야 하는 책은 그게 아니다. 먹고 살 길을 열려면 고전 인문서보다 자기가 진로로 삼은 분야의 책부터 읽어야 한다. 실력은 교양보다 우선이다. 책만 읽는 바보로 자기 인생을 끝내지 마라. 억지로 이해하기 어려운 책을 읽을 필요도 없다. 참고로 책이 재미없는 이유는 여러 가지가 있다. 그중에는 작가가 재미없게 썼거나, 번역이 형편없는 경우도 있다. 독자만의 잘못은 아니라는 뜻이다. 『순수이성비판』을 읽어도 임마누엘 칸트가 무슨 말을 하는지 도무지 모르겠다면, 독자를 배려하지 않은 칸트의 잘못이라고 생각해라. 어쩌면 영원히 칸트의 저작을 이해하지 못할 수도 있다. 하지만 걱정 안 해도 된다. 대부분의 사람은 칸트를 이해하지 못해도, 그가 이야기하는 내용을 이미 살아가면서 실천하고 있기 때문이다.

2) 같은 종류의 책을 연달아 본다

같은 종류의 책을 연달아 보는 이유는 무엇인가? 분야가 같으면 당연히 비슷한 내용이 많기 때문이다. 그러면 아는 내용이 겹친다. 앞 책에서 본 내용이 뒤에 읽은 책에도 나온다. 처음에는 시간이 걸리지만, 두 권, 세 권을 읽는 사이에 기본 지식이 쌓인다, 그러면 겹치는 부분은 자연스레 건너뛰며 읽을 수 있다. 발췌독이 가능하다는 말이다. 눈동자를 빠르게 굴려서 읽어야만 속독이 아니다. 같은 분야의 책을 읽어 대강의 윤곽을 잡을 수 있으면 저절로 속독이 된다.

3) 무엇을 읽을지 모르겠으면 서점에 가라

서점에 가면 기분이 좋다. 많은 사람들이 독서에 열중하는 모습은 그 자체로 마음에 평안을 준다. 요새는 도서관보다 서점에 가야 책보는 사람을 만날 수 있다. 도서관 열람실엔 공부하는 사람은 있어도, 책보는 사람은 없기 때문이다. 그러니 서점에 가서 새로운 기를 받아라. 분야별로 정리된 책을 보면서, 아무거나 무작정 책을 고른다. 그 책이 마음에 들면 사온다. 한두 권 사와서는 안 되고, 같은 분야의 책을 5권 내지 10권은 사와야 한다. 하지만 그럴 여유가 없다면 지역 도서관에서 한꺼번에 도서 주문을 해두고 빌리는 것도 도움이 된다. 학기 초에 학교 도서관에 신청하는 것도 방법이다. 스스로 선택한 분야이므로, 다른 분야보다 관심을 갖고 빠르게 완독할 가능성이 높다.

4) 대강의 내용은 10분이면 파악할 수 있다

제일 먼저 봐야 하는 것은 책날개의 작가 이력이다. 그가 어떤 분야를 공부했고, 어떤 책을 써 왔는지 살펴보면 전문가인지 아닌지 알 수 있다. 참고로 대학 교수들이 쓴 책은 어지간하면 피하기 바란다. 이론적인 내용이 대다수다. 그러니 재미가 없어서 질려버린다.

그 다음 보아야 할 것은 서문이다. 서문은 작가가 책을 쓴 의도, 책의 내용 등을 소개한 부분이다. 이 부분만 봐도 내용 짐작이 가능하다. 마지막으로 목차를 보아야 한다. 책을 쓸 때 가장 힘든 것이 뭔지 아는가? 목차 정하기다. 자기가 하고 싶은 말을, 일정 순서대로 늘어놓아야 한다. 그렇지 않고 마구잡이로 늘어놓으면 어떻게 될까? 구성의 체계성은 물 건너간다. 그러면 완벽히 실패한 책이다. 글 쓰는 사람부터 하고 싶은 말을 정리 못했는데, 독자가 어떻게 이해하겠는가? 그러니 모든 작가는 목차에 세심하게 신경 쓸 수밖에 없다. 내 경우도 책을 쓰는 시간의 20% 이상을 목차 정하기에 쓴다. 그러니 목차만 제대로 훑어봐도, 작가가 하고 싶은 말이 무엇인지 알 수 있다. 참고로 『리스타트 공부법』을 쓴 무쿠노키 오사미는 '본문은 보는 것이나, 목차는 읽는 것'이라고 이야기했다.

5) 예시는 과감히 건너뛴다

같은 주장을 하는 책이 두 권 있다고 치자. 기본 내용은 비슷할 것이나 인용한 예시는 같기 어렵다. 어떤 주장이나 설명에 대한 예시로 쓰이는 것은 다음과 같다.

① 작가의 생각과 경험
② 권위자의 말

③ 각종 통계 자료

이런 것을 상세히 살펴보면 독서 속도는 현저하게 느려진다. 재미있기 때문이다. 그리고 예시를 봐야 이해도 잘 된다. 하지만 우리가 알아야 할 건 작가의 메시지다. 나머지는 양념에 불과하다. 예시는 작가가 자기주장의 정당성 확보를 위해 마련한다. 글 쓴 사람의 의도와 내용만 파악할 수 있으면, 예시는 건너뛰어도 된다. 아니, 건너뛰어야 한다. 속도가 느려지면 다음 책을 읽으려는 마음이 사라진다.

6) 모르면 10페이지씩 건너뛴다

이 방법은 야마구치 슈가 쓴 『읽는 대로 일이 된다』에 상세히 나와 있다. 수준이 너무 높아 이해할 수 없는 책이 있다. 그러면 그 책은 나와 안 맞는 것이다. 그런 책의 어려운 부분이 나올 때마다 10페이지씩 건너뛴다. 왜 건너뛰어야 할까? 속도를 위해서다. 다음 책에 같은 내용이 더 쉽게 설명되었기를 기대하는 것이다. 지금 이해하지 못해도 좋다. 다른 책을 봐도 이해할 수 없다면? 해당 부분을 다음에 다시 보면 된다. 하지만 그럴 필요는 거의 없을 것이다. 『나는 이런 책을 읽어 왔다』를 쓴 다치바나 다카시의 경우는 더하다.

그는 읽다가 이해가 안 되면 그냥 덮고서 그보다 낮은 수준의 책을 보라고 한다. 독서의 고수들은 왜 이런 방식을 쓸까? 철저히 효율성에 초점을 맞추기 때문이다. 대개의 독자는 자기가 들인 돈이 아까워서 억지로 책을 붙잡는다. 하지만 명심하라. 돈보다 시간이 귀하다. 돈은 다시 벌 수 있지만, 시간은 그럴 수 없다. 빠른 속도로 결과를 내지 못하면 남보다 뒤처지는 건 당연하다. 의욕은 사라지고 스트레스만 증가하는 건 더 큰 문제다.

7) 같은 책을 반복해서 본다

반면 도무지 건너뛸 수 없는 책도 있다. 해당 분야의 고전과 같은 책이어서, 그 책을 안 볼 수 없는 경우다. 이 경우 반복해서 보면 이해가 빨라진다. 똑같은 내용을 다시 보기 때문이다. 같은 분야의 책을 3권 보는 것보다, 이런 책을 3번 보는 것이 효율이 높다. 3번 이상 봤으면 다음 책으로 넘어간다. 이 방식은 내가 쓰는 방식인데, 이렇게 하고 중요한 부분을 발췌까지 하면 그야말로 완벽해진다. 필요할 때 발췌한 부분만 다시 살펴보면 되기 때문이다. 그래야 시간이 절약된다.

글쓰기는 출력의 과정이다. 출력이 원활히 되려면 입력이 체계적이어야 한다. 매번 여기저기 흩어진 정보를 모아야 한다고 생각해 보라. 출력도 하기 전에 지친다. 그러지 않으려면, 빠르게 정보를 모으는 법을 익혀야 한다. 임정섭 작가는 좋은 글이 재능이 아니라, 글감이 얼마나 많은가로 결정된다고 말했다. 그 사실을 이해하고 분야별로 정보를 쌓아두면, 글쓰기 실력은 올라갈 수밖에 없다.

3. 지루해도 붙잡고 읽는 법

내가 선택한 책이 항상 재밌으리란 보장은 없다. 그러니 앞서 피할 수 있는 책이면 피하라고 조언했다. 하지만 도무지 피할 수 없는 책도 있다. 시험 기간에 교과서를 피할 수는 없는 노릇이다. 마찬가지로 글을 쓰거나 다른 공부하기 위한 거라면, 피해서는 안 되는 책이 있다. 그런 책을 읽을 때는 어떻게 해야 할까? 두 가지 방법을 소개한다.

첫 번째는 앞서 말한 것처럼 플래그잇을 붙이는 방법이다. 책이 왜 지겨운가? 이해가 안 가기 때문이다. 이해가 안 가는 책은 100% 재미없다. 그런데 내 옆에는 스마트폰이 있다. 당연히 책을 덮고 스마트폰에 손이 간다. 이런 일을 막으려면, 기계적으로 플래그잇 붙이기를 시도한다. 내가 쓰는 플래그잇은 5색이고, 각각의 색이 20매씩 들어 있다. '오늘 하루 20개만 붙이자'고 생각하고 읽는다. 그렇게 해서 며칠이 걸리든 끝까지 붙인 다음, 플래그잇을 붙인 부분만 컴퓨터로 문서화한다. 실제 학생들에게 이 작업을 시키면 반응이 좋다. 일단 아무 생각 없이 책을 옮겨 적으니 머리가 단순해지는 느낌을 받는다. 게다가 옮겨 적는 과정에서 이해는 더 잘 된다. 마지막으로 한 권을 읽고 블로그에 올리면 뿌듯함도 느낄 수 있다.

두 번째는 더 과격한 방법이다. 책을 30페이지나 50페이지씩 칼로 쪼개서 묶는다. 그리고 순서대로 맨 앞장마다 번호를 매긴다. 묶은 덩어리 하나가 날마다 읽어야 할 분량이다. 차마 책을 못 찢겠다고? 작가에 대한 예의가 아니라고? 아니다. 작가도 자기 책이 얌전히 모셔지길 원하지 않는다. 차라리 갈기갈기 찢겨도 독자에게 읽히는 게 낫다고 생각한다. 사실 이 방법은 수험생들이 많이 쓰는 방법이다. 나 역시 교원 임용 시험 공부를 이렇게 했다. 봐야 할 교재는 많은데 부담을 줄이고 싶었기 때문이다. 사람은 눈에 보이는 대로 생각한다. 분량이 적어보이면 부담도 적다.

브라이언 트레이시는 문학 작품을 읽을 때도 이 방법을 써먹을 수 있다고 이야기한다. 300페이지짜리 세계 명작 100권을 읽으려면 한숨부터 나온다. 하지만 50페이지씩 쪼갠 책은 6일이면 한 권을 읽을 수 있다. 600일이면 100권을 다 볼 수 있다는 소리다. 2년도 채 안 걸린다. 어떤가? 해 볼 만하지 않은가? 책은 장식이 아니라 읽을 때 의미가 있다.

세 번째도 비슷한 방법이다. 작가 이지성은 『리딩으로 리드하라』에서 철학책 한 장을 읽을 때마다 해당 부분을 오려 비행기를 만들어 날렸다고 했다. 그런 일이라도 하지 않으면 도무지 읽을 수가 없었다는 거였다. 철학책 읽기는 작가라도 힘들다. 책을 소중히 다뤄야 한다는 고정관념, 혹은 중고로 되팔겠다는 생각만 없으면 이 방법도 괜찮다.

네 번째는 휴대폰 앱을 이용한 기록이다. '데일리북 프로' 라는 어플리케이션을 이용하는 방법이다. 3천 원의 유료지만 그만한 값어치는 하고도 남는다. 책을 읽을 때마다 휴대폰으로 책의 바코드를 찍으면, 자동으로 '나의 서재' 에 등록된다. 그리고 읽었다고 기록하면 나중에도 읽은 날짜와 몇 페이지를 읽었는지 확인할 수 있다. 월간 통계를 보면 매달 어느 분야의 책을 몇 페이지나 읽었는지도 나온다. 참고로 나는 글을 쓰지 않을 때는 매달 5천 페이지를 보려고 노력한다.

한 가지 위로하자면, 어떤 일이든 처음이 가장 어렵다. 익숙하지 않기 때문이다. 반복을 해야 당신이 하는 일은 쉬워진다. 정말이다. 나는 모든 것을 배울 때 이 점을 깨달았다. 그리고 쉬워지면 쉬워질수록, 지금 하는 일이 더 재미있었다. 어떤 분야든 마찬가지였다. 문제집조차 반복해서 보면 아는 내용이 늘어나고, 그래서 봐야 할 내용이 줄었다. 그러니 나중에는 문제를 푸는 일은 재미있는 일이 되었다. 세상 모든 일의 힘은 반복과 속도에서 나온다. 당신도 그 점을 이해한다면, 책을 단 한 번도 다 읽지 못하고 관두는 일이 자주 발생하진 않을 것이다.

4. 요약하기

쇼펜하우어는 이렇게 말했다.

"엄밀히 말하자면 자신의 기본 사상에만 진리와 생명이 깃든다. 우리는 그것만을 제대로 온전히 이해하기 때문이다. 독서에서 얻은 남의 생각은 남이 먹다 남긴 음식이나 남이 입다가 버린 옷에 불과하다."

『쇼펜하우어와 니체의 문장론』

위 말은 무슨 뜻인가? 남의 말에 쉽게 휩쓸리는 생각 따윈 필요 없다는 말이다. 확실히 그렇다. 자기 주관이 없으면 이리 흔들리고 저리 흔들린다. 그러니 자기 생각을 갖는 일은 대단히 중요하다.

그러나 남의 생각에 전혀 영향을 받지 않을 수 있을까? 어쩌면 쇼펜하우어의 저 말조차, 누군가에게 영향을 받아 갖게 된 생각인지도 모를 일이다. 모든 창조 과정은 어렵다. 글쓰기도 창조다. 그런 글쓰기를 더 편하게 하는 비결이 있다. 글쓰기를 창조가 아니라 편집으로 만들면 된다. 다시 말해 자신을 창조자가 아니라 편집자로 이해하면 된다는 말이다. 많은 지식을 모으고, 그 지식을 하나의 주제에 맞게 일정하게 배열만 해도 좋은 글이 탄생한다. 처음에는 글을 쓴 사람에게 압도당한다. 그러나 생각의 크기가 커지면 작가에게 반대 의견도 펼칠 수 있다. 그런 과정이 되풀이되면서 생각은 더 커진다. 그러니 남의 생각에 휩쓸릴까 봐 걱정하기보다, 남의 생각을 많이 살펴보는 일이 효과적이다.

남의 생각을 가장 효율적으로 살피는 방법이 있다. 짐작하겠지만 책읽기다. 책에 시간투자를 많이 할수록 남의 말을 더 잘 들을 수 있다. 그러나 한 귀로 듣고 한 귀로 흘리는 일이 일어난다면, 책을 통한 대화란 불가능하다. 쓰는 사람은 세상에 자기 뜻을 알리고 싶어서 글을 쓴다. 읽는 사람은 쓴 사람이 무슨 말을 했는가 궁금해서 읽는다. 둘 사이에 대화가 온전히 이루어지려면, 쓴 사람은 뜻을 명료하게 표현해야 한다. 읽는 사람도 내용을 정확히 이해해야 한다. 그래야 좋은 대화가 이루어진다. 읽는 사람 입장에서, 내가 글을 제대로 이해했는지 확인하려면 어떻게 해야 할까? 요약해보면 된다.

물론 처음부터 글을 요약하라고 하면 누구나 부담을 갖는다. 가령 독서감상문은 대표적인 요약하기 기술이 필요한 글이다. 그 일은 많은 학생들이 부담스러워하고, 어려워서 대충 하는 일이기도 하다. 하지만 요점을 정리하고, 그것들을 연결하여 짧은 글을 만들 수 있다면 글쓰기 실력은 저절로 늘어난다. 요약은 핵심 내용을 알아야 할 수 있고, 핵심 내용을 알기 위해 하는 것이다.

요약이 어려운 까닭은 내가 핵심 내용을 제대로 파악했다는 확신이 없기 때문이다. 글 전체를 아우르는 핵심을 보기 어렵다면, 아직 내공이 부족하다는 의미다. 그러면 어떻게 해야 하는가? 전체가 아니라 부분을 본다. 다시 말해 글을 쪼개서 보아야 한다는 말이다. 전체를 요약하는 게 아니라 부분별로 나눠서 요약하는 훈련부터 하자. 그렇게 하면서 요약할 범위를 조금씩 늘려나가면 된다.

이 방법은 유시민 작가가 추천하는 방법이기도 하다. 그의 말에 따르면 『거꾸로 읽는 세계사』는 100% 발췌 요약이었는데도 인기가 높았다고 한다. 물론 작가의 역량도 일급인 건 사실이다. 그는 대학생 시절부터 글쓰기를 해야 했다. 민주화 운동 때문에 선전지를 만드는 게 그의 일이었다. 그러니 글쓰기를 하지 않을 수 없었다. 그러나 그런 그도 정작 자신을 세상에 알린 책은 생각을 쓴 게 아니라 발췌 요약한 책이었다. 발췌 요약은 생각하는 힘을 길러준다.

모방은 창조의 어머니라고 했다. 물론 모방이라고 쉬운 건 아니다. 그러니 분량을 쪼개서라도 연습해보자. 글을 고르는 안목, 쓰기 실력이 탁월해진다.

5. 인용하기

    글을 쉽게 쓰는 방법 중 하나는 인용이다. 하고자 하는 말은 분명한데, 내용이 너무 적어 걱정일 수 있다. 억지로 분량을 늘리자니, 글의 통일성이 깨진다. 그럴 때 인용은 빛을 발한다. 분량을 쉽게 늘릴 수 있기 때문이다. 나도 글을 쓸 때 인용을 자주 한다. 분량을 쉽게 늘릴 수 있으면 글도 빨리 쓸 수 있다. 분량이 정해진 글은 주로 과제나 논술 시험의 경우다. 그런 경우 글쓰기는 부담이 되는데, 인용을 하면 그런 부담을 줄일 수 있다.

    인용을 할 때에는 두 가지 방법이 있다. 하나는 직접 인용이고, 또 하나는 간접 인용이다. 직접 인용은 말한 사람의 책이나 논문의 내용을 그대로 따오는 방식이다. 간접 인용은 누가 이런 책에서 이렇게 말했다고 소개하는 방식이다. 물론 둘 다 출처를 밝혀야 한다.

    인용을 잘하려면 평소 분야별 독서를 해두어야 한다. 독서를 하면 그 자체로 배경 지식이 늘어난다. 하지만 그런 수준이면 간접 인용만 할 수 있다. 구체적이고 세부적인 내용까지 모두 기억하고 있을 수는 없기 때문이다. 책을 읽고 정리를 꼼꼼하게 해두는 일은 그래서 중요하다. 앞서 말한 플래그잇을 활용해 내용 정리를 해두어야 하는 이유도 그 때문이다.

분야별로 책을 읽고 정리해두면, 글을 쓸 때 자신감이 생긴다. 언제든지 찾아볼 수 있는 자료가 있기 때문이다. 하지만 모든 분야에 대해 정리해둘 수는 없다. 앞에서 발췌와 요약을 통한 책 정리 방법을 설명했다. 여기서는 책 이외의 방법으로 자료 찾는 방법을 이야기하겠다.

1) 네이버보다 구글

정보를 가장 빠르게 찾는 방법은 인터넷이다. 학생들에게 과제를 내주었을 경우 자료가 빈약한 경우가 있다. 그럴 경우 99%는 네이버에서만 자료를 찾은 경우다. 하지만 네이버에 나온 자료는 한정적이다. 왜냐하면 검색어에 맞는 결과물을 보여주는 게 아니라, 자기들 나름대로 '정렬'하여 보여주기 때문이다. 검색어와 관련된 블로그, 지식인을 가장 먼저 보여주느라 정작 필요한 정보는 저 뒤로 밀린다. 누락되는 경우는 더 많다. 당연히 보이는 자료가 빈약해진다. 이런 일을 막으려면 네이버보다 구글을 이용하는 편이 낫다. 구글을 이용하면 검색 화면이 깨끗한 느낌은 없다. 하지만 그게 정상이다. 오히려 정보의 바다에서 깔끔하게 정렬된 자료를 찾아낼 수 있다는 게 의심스럽다. 특히 검색어가 외국어인 경우에는 구글이 압도적으로 유리하다. 네이버는 한국어에만 최적화된 느낌이다.

하지만 구글도 단점은 있다. 걸러 내지 않은 순수 자료를 찾는 데는 적합하지만, 전문 자료만 한눈에 보기는 한계가 있기 때문이다. 그래서 다른 방법을 추가로 써야할 수 있다.

2) 빅 카인즈(https://www.bigkinds.or.kr)

그래서 제시하는 두 번째가 빅 카인즈다. 빅 카인즈의 최대 장점은 분석이나 뉴스 시각화다. 뉴스를 수집하고 저장하는 기능을 넘어, 재가공이 가능한 수준이다. 특정 키워드를 넣으면 기사에 나타난 인물, 장소, 조직, 이슈 흐름과 관계망 등을 한 번에 볼 수 있다. 다만 이런 고급 서비스를 보려면 회원가입 후 로그인을 해야 한다. 아래는 2018년 5월, 최대 이슈였던 '판문점 선언'을 검색어로 넣은 결과다.

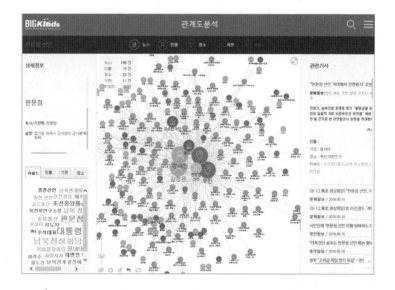

　　관계도가 자동으로 그려질 뿐만 아니라, 관계도의 키워드를 누를 때마다 관련기사가 오른쪽에 바뀌면서 새로 뜬다. 또한 왼쪽 하단에 배치된 키워드, 인물, 기관, 장소탭의 핵심어를 누를 때마다 그에 관한 관계도가 다시 그려진다.

　　빅 카인즈를 이용할 때 최대 장점은 체계적인 정보 수집이다. 중심 정보와 관련된 신문 기사를 살펴보고, 관련 키워드를 검색함으로써 연관 정보까지 순서대로 찾을 수 있다. 체계적인 글쓰기나 발표 자료를 만들 때 도움이 되는 방식이다.

3) 한국방송광고진흥공사(https://www.kobaco.co.kr)

줄여서 '코바코'라고도 한다. 공익광고를 살펴보면 우리 사회가 지향하는 방향이 어느 쪽인지 알 수 있다. 광고는 짧아서 지루하지 않고, 정보가 머리에 오래 남는다. 책에서 인용한 자료는 즉시 살펴보지 않으면 잊어버린다. 그러면 글을 쓸 때마다 일일이 다시 찾아 공부해야 한다. 반면 재미있는 광고는 머리에 오래 남는다. 참고로 코바코 홈페이지보다 광고만 따로 모아놓은 유튜브 채널이 편리하다.

유튜브 채널 주소는

https://www.youtube.com/user/Kobacoac다.

4) 네이버캐스트(https://terms.naver.com)

네이버의 최대 장점은 편리함이다. 만약 네이버를 포기할 수 없다면 네이버캐스트를 이용해 보자. 네이버캐스트(Navercast)는 2009년 1월부터 서비스 중이다. 전문가들이 모여 만드는 백과사전으로 문화, 생활, 과학, 인물 등 다양한 분야의 교양 콘텐츠가 글, 그림, 음악, 동영상 등으로 제작되고 있다. 인터넷은 정보는 찾기쉽지만 신뢰하기 어려운 경우가 많다. 반면 네이버캐스트는 그 약점을 해결하기 위한 서비스다(위키백과 인용).

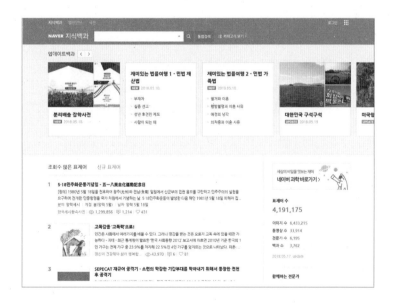

5장
글쓰기의 실제

1. 자기소개서 쓰는 법

1) 좋은 자기소개서의 사례

다음은 레오나르도 다 빈치가 쓴 자기소개서다.

1. 저는 물건을 쉽게 운반할 수 있는 매우 가볍고 튼튼한 기구의 제작
   계획안을 갖고 있습니다.

2. 어떤 지역을 포위했을 때 물을 차단할 수 있는 방법과 성곽 공격
   용 사다리를 비롯한 헤아릴 수 없을 만큼 많은 여러 가지 도구를
   만드는 방법을 알고 있습니다.

3. 높고 튼튼한 성벽으로 포격을 가해도 요새를 무너뜨릴 수 없는 경
   우, 반석 위에 세운 성곽이나 요새라 할지라도 무너뜨릴 방책을
   갖고 있습니다.

4. 대단히 편리하고 운반하기 쉬우며, 작은 돌멩이들을 우박처럼 쏜
   아낼 포를 만들 계획안들을 갖고 있습니다.

5. 해전이 벌어질 경우, 공격과 방어 양쪽 모두에 적당한 여러 가지 배의 엔진을 만들 계획안이 있으며, 위력이 대단한 대포와 탄약과 연기에 견딜 수 있는 전함을 만들 계획안도 갖고 있습니다.

(중략)

위에 말씀드린 사항 중에서 의심이 가거나 실용적이지 않다고 생각하는 내용이 있다면, 각하의 공원이나 각하가 원하시는 어느 장소에서든 제가 직접 시험해 보여드릴 수 있습니다. 이루 말할 수 없는 겸허한 마음으로 각하께 제 자신을 추천하는 바입니다.

윗글은 마이클 J. 겔브의 『레오나르도 다 빈치처럼 생각하기』에 실린 내용이다. 이 글에는 흥미로운 점이 두 가지가 있다. 첫째, 그는 미술가가 아니라 엔지니어로 자신을 소개했다. 사실 그에게 그림은 취미에 지나지 않았다. 또한 그가 직장을 부탁하는 대상은 유럽의 군주나 귀족이었다. 그렇다면 그들이 가장 필요로 하는 게 뭔지 생각해보는 건 당연한 일이다. 그는 그것이 미술이 아니라 기술이라고 판단했던 것 같다.

둘째, 출생에 관해서는 전혀 적지 않았다. 대신 자신이 무엇을 할 수 있는지를 썼다. 당신이 무기 회사 사장이라고 생각해 보라. 그리고 당신 앞에 공격용 드론, 스텔스 전투기, 레이저 미사일을 혼자 제작할 수 있는 기술자가 나타났다고 생각해 보라. 어떤 생각이 들겠는가? 당장 고용하고 싶지 않겠는가? 나라면 그렇게 하겠다. 평범한 기술자 100명을 고용하는 것보다, 저런 사람을 열 배의 월급으로 고용하는 편이 싸게 먹히기 때문이다. 회사 입장에선 90명의 연봉을 절감하는 효과가 있다.

2) 나쁜 자기소개서의 사례

반면 세상에는 이런 경우도 있다. 다음은 김지룡의 『나는 일본문화가 재미있다』라는 책에 나오는 이야기다. 망해버린 야마이치 증권사 직원이 다른 외국계 증권회사에 입사하려고 인사부장에게 전화를 하였다고 한다.

"야마이치 증권의 직원입니다. 귀사에 취직하고 싶습니다."
"무슨 일을 하실 수 있습니까?"
"도쿄 대학 출신입니다."
"학벌을 묻는 것이 아니라 그 동안 무슨 일을 해 왔으며 앞으로 어떤 일을 하실 수 있는지 묻는 겁니다."
"도쿄대학 법학부를 나왔습니다."

"그런 것은 중요하지 않습니다. 영어회화에 자신 있습니까?"

"영어는 못하지만 도쿄대 법대를 나왔습니다."

"파생 상품에 대해서 잘 아십니까?"

"그런 것은 잘 모르지만 도쿄대 법대를 나왔습니다."

"PC는 다룰 수 있습니까?"

"그런 것은 잘 모르지만 도쿄대 법대를 나왔습니다."

"도쿄대 얘기는 빼고 이야기합시다."

그 남자는 말이 없다가 전화를 끊었다고 하며, 신문에 실린 실화라고 한다.

세이노란 필명을 쓰는 사람의 칼럼에 실린 내용을 재인용했다. 이 글을 레오나르도 다 빈치의 자기소개서와 비교해 보자. 어떤 차이가 있는가? 상대방이 원하는 내용을 들려주지 못했다는 차이가 있다. 그 자신의 학력을 설명할 뿐, 본인이 할 수 있는 일이 무엇인지에 대한 설명이 없다. 이 사례가 신기한가? 실제 최상위권 학생 중에 이런 학생들이 있다. 내가 만나본 적이 있기에 하는 말이다. 그중 한 명은 서울대에 갈 만한 실력이었다. 그런데 그 학생은 처음 보는 사람에게 할 수 있는 말이 자기 성적 외엔 없었다. 또 한 명은 연세대에 재학 중인 학생이었다. 이 학생은 자기 학벌만 믿고 과외 자리를 구했다. 그리고 한 달 만에 잘렸다. 수업 준비를 하지 않아 학생 성적이 오르지 않았기 때문이다. 좋은 학벌은 남보다 앞선 출발선에 서게 해준다. 하지만 그뿐이다. 뛰지 않으면 결국 뒤쳐진다. 그 학생은 그 사실을 몰랐다. 결국 자기 학벌이면 다 될 거라고 믿고 방심했던 게 실패 이유였다.

3) 자기소개서에 필요한 내용

좋은, 그리고 나쁜 자기소개의 차이점이 느껴지는가? 차이는 독자 의식 여부다. 모든 좋은 글의 공통점은 독자 의식이다. 앞서도 수차례 강조했던 내용이기도 하다. 자기소개서도 글이다. 레오나르도 다 빈치의 자기소개서는 읽을 사람을 의식해 좋은 글이 되었다. 반면 전직 야마이치 증권사 직원의 자기소개는 왜 문제인가? 초점을 상대가 아니라 자신에게 맞췄기 때문이다. 물론 자기소개를 하는 상황이니 그 자신을 표현해야 하는 건 당연하다. 그러나 소개할 때 상대방이 뭘 원할까를 생각하지는 않았음이 분명하다. 자기 하고 싶은 말만 하는 사람이 뽑힐 리 없다.

또한 자기소개서는 자기 전체를 드러내는 글이 아니다. 상대가 필요로 할 만한 것만 추려서 보여주는 글이다. 그래야 초점이 명확해진다. 상대를 가정하지 않으면 무엇을 써야 할지 모르게 된다. 내가 태어난 곳이, 내 아버지의 직업이, 우리 식구의 숫자가, 우리 집

안의 분위기가 뭐가 중요한가? 아무도 관심 없다. 그걸 요구했던 과거 관행이 문제고, 관성의 법칙에 따라 그대로 쓰려는 사람도 문제다.

2018년은 6월 13일에 선거가 있는 해다. 선거철에 길 가다 지방 선거 출마자의 옥외 광고를 보았다. 살펴보니 후보가 자기소개 하는 법을 모르고 있었다. 선거 공보는 왜 붙이는가? 뽑히고 싶어서다. 옥외 광고도 마찬가지다. 내가 안타까웠던 이유가 있다. 그 후보 설명의 마지막에 자기가 쓴 시집 제목이 적혀 있었기 때문이다. 어떤 느낌이 드는가? 내가 받은 의문은 '이 사람은 그간 지역 발전에 기여한 게 없나? 어떻게 저런 것까지 끌어다 쓸까?' 였다. 문인 협회 회장 자리에 출마하는 게 아니잖은가.

나라면 어떻게 했을까를 생각해 보았다. 만약 내가 홍보 담당자라면 그런 내용을 넣지는 않았을 건 확실했다. 현재 지역민들이 관심 있어 하는 문제가 무엇인지 살피고, 그에 대한 해결책을 제시하겠다. 우리 동네에서 낭비되는 세금이 얼마고, 그 세금을 주민 복지에 어떻게 쓸 것인지, 구체적인 액수를 계산해서 알릴 것이다. 사람은 누구나 자기 이익에 민감하다. 자기 주머니에서 나가는 돈에는 더욱 민감하다. 그러니 그 부분을 공략했어야 했다. 물론 내 답이 모범 답안은 아닐 수 있다. 그래도 그 후보의 자기소개보다는 나을 거라고 생각한다. 나를 뽑아주면 어떤 혜택이 있는가를 써야지, 상대방은 관심 없는 이야기를 써 놓으면 안 된다.

　유시민 작가의 『표현의 기술』을 보면 자기소개서에 관해 이런 말이 나온다. 자신은 책을 낼 때마다 책날개의 저자 소개를 바꾼다고. 이유는 독자의 호감과 신뢰를 얻기 위해서라고 한다. 가령 『유시민의 글쓰기 특강』에서는 자신의 '글쓰기 이력'을 소개했고, 『국가란 무엇인가』에서는 '투쟁 경력'과 '정치 이력'을 강조했다고 한다. 그리고 그 이유를 이렇게 설명한다. 자기소개서는 정직하게 쓰되, 읽는 사람이 '우리한테 필요한 사람'이라고 느끼도록 써야 하기 때문이라고 말이다.

　바로 이것이다. 반복하지만 당신의 모습 전체를 드러내는 게 자기소개서가 아니다. 다소 과격한 말이지만, 자기소개서 첫 줄을 '저는 산 높고 물 맑은 서울에서 태어났습니다'라고 써도 상관없을지 모른다. 애초 출생 지역부터 적어놓은 뻔한 자기소개서는 누구의 관심을 끌지 못하니까. 당연히 빛의 속도로 탈락할 것이다. 출생 지역이나 신분은 인사담당자의 관심사가 아니다. 그들은 누가 적합한 공부를 해 왔는지, 혹은 어떤 기술을 갖고 있는지에만 관심이 있다. 그런 내용이 없으면 뽑히지 않는다.

하지만 만약 당신이 자기소개서를 써야 할 시점에 이 글을 읽고 있다면? 그렇다면 이미 늦었다. 이제 와서 성과를 낼 수는 없기 때문이다. 그러면 무엇을 해야 할까? 내가 무엇을 하고 싶은 사람인지 설명해야 한다. 그러니 '내가 당신의 집단에 들어가서 이러저러한 것을 배우고, 해내고 싶다' 고 써야 한다. 그래야 '이 사람이 우리 일에 관심이 있구나' 라는 느낌을 준다. 그러려면 내가 원하는 대학이나 기업의 홈페이지부터 샅샅이 훑어야 한다. 남들의 '카더라' 는 한 귀로 듣고 한 귀로 흘려라.

한 가지 덧붙일 말이 있다. 자기소개서는 남이 나를 알게 할 목적으로 쓰는, 이유가 분명한 실용문이다. 하지만 꼭 그래서 중요한 것만은 아니다. 내가 어떤 사람인지 알 수 있어서 중요하기도 하다. 사람들은 평소 자기 자신을 알려고 하지 않는다. 철학자가 아닌 한 그렇다는 말이다. 그런데 자기소개서를 쓸 때는 이야기가 달라진다. 이제는 먹고 살기 위해서라도 나를 알아야만 한다. 이때가 나를 알 수 있는 몇 안 되는 기회다. 그러니 인생의 몇 번 없는 기회를 지금 사용하고 있다고 생각해 보자. 자기소개서 쓰기가 더 쉬워지진 않겠지만, 최소한 의미 없고 자존심 상해 불편하다는 생각은 줄어들 것이다.

2. 독서감상문 쓰는 법

내가 아는 독서감상문 쓰기 방식은 두 가지다. 하나는 아주 간략히 쓰는 것이고, 또 하나는 어렵지만 정교하는 쓰는 것이다. 먼저 쉽게 쓰는 방식부터 이야기해 보자. 이 방식의 장점은 글쓰기의 부담을 줄일 수 있다는 데 있다. 흔히 글은 완전무결해야 한다고 생각한다. 아니다. 그렇게 생각할수록 좋은 글쓰기에서 멀어진다. 완전한 글은 없다. 고치고 또 고쳐도 고칠 부분이 나온다. 어느 정도 완성되면 과감하게 손을 떼야 한다. 그 기준은 '독자의 이해에 어려운 부분은 없는가' 다. 그럴 수 있게 노력했다면 글쓰기는 끝난 것이다. 글쓰기가 시간이 걸리는 이유는, 이를 위해 수도 없이 고치는 퇴고의 과정 때문이다.

퇴고의 시간을 줄이려면 처음부터 짧게 쓰면 된다. 앞서 인용한 인나미 아쓰시가 쓴『1만 권 독서법』, 야마구치 슈가 쓴『읽는 대로 일이 된다』는 그 방법을 간단하게 제시한다. 읽고 싶은 부분만 읽으라는 것이다. 읽은 부분이 적으니 쓸 내용도 적다. 이를 불완전함이 아니라, 편리함으로 생각하고 역이용하는 것이다. 사실 모든 책의 전체를 봐야 할 이유는 없다. 소설은 줄거리가 있으므로 건너뛸 수 없지만, 실용 서적은 그래도 된다. 대개의 내용이 겹치기 때문이다. 그러니 목차를 보고 재미있어 보이는 부분만 읽어도 상관없다. 『읽는 대로 일이 된다』에서는 읽어야 할 비율로 전체 분량의 20%를 제시했다. 그 정도만 읽어도 충분하다는 것이다. 내용 이해를 돕는 예시, 다른 책과 겹치는 부분을 제외하면 실제 그 정도만 읽어도 충분하다. 처음부터 끝까지 다 읽을 생각을 하니, 아예 안 읽게 되는 결과가 나타난다.

『1만 권 독서법』에서 제시하는 방법은 이렇다.

'최고의 문장에 마음이 움직인 이유를 기록한다'
'가장 중요한 것은 글의 핵심을 담고 있는 한 줄을 발견하는 것이다'
'책의 정보가 응축된 한 줄, 깊은 울림을 주는 한 줄을 만날 수 있느냐가 독서의 운명을 좌우한다'

앞서도 소개했지만, 이 책에서 말하는 독서의 목적은 지식 확보가 아니다. 그보다는 '울림을 주는 한 줄 찾기'가 목적이다. 일종의 보물찾기인 셈이다. 그러다 보니 그 한 줄에 대해 적고 그에 대한 내 생각을 간략하게 적으면 되는 셈이다. 이때의 방법이 '키워드 위주로 검색하듯 읽기'다. 이렇게 하면 독서 그 자체를 즐길 수 있다. 글쓰기에 대한 부담이 줄기 때문이다. 저자는 이 방식을 활용하여 날마다 책을 읽고 서평을 쓰고 있다고 한다.

반면 길게 쓰는 방법도 있다. 이 방법은 광동고등학교 교사로 재직 중인 송승훈 선생님의 방식이다. 2018학년도부터 전국 학교에 '한 학기 한 권 읽기' 프로그램이 도입되었다. 그 목적은 책을 읽어 치우지 말고, 깊이 있게 읽어보자는 것이다. 그럼 어떻게 해야 깊이 있게 읽을 수 있을까? 송승훈 선생님의 서평 쓰기 양식을 소개한다. http://blog.naver.com/wintertree91에 가면 추가로 다양한 정보를 얻을 수 있다.

책읽기 기록 양식 1

– 책 자체를 읽기

	책에서 기억에 남는 내용 다섯 가지를 적기 (빈자리 없이 꽉 채웁니다)
무슨 책?	제목 : 글쓴이 :　　　　출판사 :　　　　　출판연도 :
책 읽는 사람	(　　　　　) : 책 읽는 학생 이름 　　　　　(　　　)년 (　　)월 (　)일 : 책 읽고 기록한 날
인상깊은 부분 + 설명 세 줄	
핵심 내용 + 설명 세 줄	
기억할 문장 + 설명 세 줄	
새로 안 내용 + 설명 세 줄	
생각할 내용 + 설명 세 줄	

책읽기 기록 양식 2

– 책과 세상을 연관짓기

	책과 연관된 세상 이야기를 적기 (빈자리 없이 꽉 채웁니다)
무슨 책?	제목 : 글쓴이 :　　　　　　출판사 :　　　　　　출판연도 :
책 읽는 사람	(　　　　　) : 책 읽는 학생 이름 　　　　　(　　　)년 (　　)월 (　)일 : 책 읽고 기록한 날
내용 소개 1 + 연관된 세 상일 이야기	
내용 소개 2 + 연관된 세 상일 이야기	
책과 관련해 서　자신이 보거나 들은 이야기	

책읽기 기록 양식 3

– 책과 자신을 연관짓기

	책과 관련된 자기 이야기를 적는 기록 양식 (빈자리 없이 꽉 채웁니다)
무슨 책?	제목 : 글쓴이 :　　　　　출판사 :　　　　　출판연도 :
책 읽는 사람	(　　　　) : 책 읽는 학생 이름 　　　　(　　)년 (　)월 (　)일 : 책 읽고 기록한 날
책 내용과 연관된 자기 경험 적기	
자기 마음을 들여다보면서 이 책이 어떻게 읽혔는지 적기 (특정한 부분만 적어도 됨)	
자기가 아는 사람 가운데서 책 속 등장인물과 닮은 사람을 찾아 적기	

구성하기

– 책읽기 기록양식1~3을 쓰면서 만든 이야기 조각 11개에서 4개를 골라서 하기

	이야기 조각 네 개를 늘어놓았을 때 흐름이 좋은 배열 찾기 (세 가지를 만들고, 마음에 드는 배열을 한 개 골라서 글을 쓰기) (이야기 한 개마다 한 개의 소제목을 만들어서 한 쪽씩 글을 쓰기)
시도 1 : 세 분야에서 1개씩 내용 이 나오게 해보자	➡ ➡ ➡ ➡
시도 2	➡ ➡ ➡ ➡
시도 3	➡ ➡ ➡ ➡

표로 만들어 놓으니 복잡해 보이지만, 실제로 해보면 그렇지 않다. 기본 원리는 다음과 같다. 먼저 책읽기 기록 양식 1~3을 모두 채운다. 그러면 11개의 이야깃거리가 나온다. 그중 가장 마음에 드는 4개를 골라 배열해 본다. 그 과정이 양식 4의 '구성하기'에 해당한다. 이때 어떤 내용을 선택하여 어떻게 배열하느냐가 중요하다. 그에 따라 전혀 다른 글이 나오기 때문이다.

이 양식은 1) 책을 읽고, 2) 내용을 자신이 아는 세상일과 연관 짓거나, 3) 자신과 연관 짓는 방식이다. 이는 생각의 폭을 확장하기 위함이다. 책을 읽는 데서 그치지 않고, 책을 통해 생각하는 힘을 기를 수 있다. 학생들에게 이 과제를 내주면 어려워하지만, 결과물은 평소 본인이 쓰던 글보다 높은 수준으로 나온다. 이는 정확한 방식만 주어지면, 독서감상문 쓰기는 누구나 해낼 수 있다는 걸 보여주는 것이기도 하다.

3. 반성문 쓰는 법

사람들이 절대로 쓰고 싶지 않은 글이 몇 가지 있다. 공통점은 자기 죄를 실토하는 종류라는 점이다. 가령 경찰서나 검찰청에 가서 쓰는 조서, 자수서가 그렇고, 직장에선 사유서가 그러하다. 학교에서 학생들이 쓰는 글로는 사고경위서, 반성문이 해당될 것이다.

애초에 쓰기를 바라지도 않는 데다 써먹을 일도 거의 없다 보니, 아무도 이런 글을 배워야 한다는 생각을 안 한다. 사실 어떤 글이든 잘 쓰면 이런 글을 따로 공부할 필요가 없긴 하다. 글쓰기의 원리는 모두 똑같기 때문이다. 하지만 교무실에서 반성문을 들고 오는 학생들은 계속 나타나는 게 현실이다. 그 학생들의 반성문이 한 번에 통과되는 일은 좀처럼 없다. 그러니 반성문을 들고 오는 학생들이 반성문 때문에 더 혼나는 것도 정해진 수순이다. 차라리 한 번 혼나고 끝나면 좋을 텐데, 그런 행운은 기대할 수 없다. 마지막 단계는 선생님 마음에 들 때까지 반성문을 다시 쓰는 일의 무한반복이다.

반성문을 써야 할 상황이면 잘못은 이미 저질러진 후다. 이 상황에서 혼나는 건 피할 수 없다. 중요한 건 반성문의 내용에 따라 혼나는 시간이 짧아질 수도, 길어질 수도 있다는 점이다. 그 차이는 어디에서 올까? 반성문의 길이일까? 아니다. 실컷 읽었는데 알맹이가 없으면 읽는 교사는 더 화가 난다. 그러면 학생은 학생대로 억울해진다. 고생고생해서 열심히 썼는데, 선생님이 더 혼내기 때문이다.

그럼 무엇을 고려해야 하는가? 두 가지다. 하나는 육하원칙이고, 또 하나는 쓴 사람의 진심이다. 먼저 육하원칙부터 살펴보자. 선생님들이 경찰 흉내 내는 게 재미있어서 육하원칙을 강조할까? 그렇지는 않다. 잘못한 상대에게 성의 있고 진실한 대답을 원하는 게 모든 인간의 공통 심리이기 때문에 그렇다. 연애의 과정을 상상하면 이해하기 더 쉽다. 연애를 하다 보면 싸울 일이 수도 없이 생긴다. 싸움의 원인은 우리가 존재하는 한 계속 생긴다. 그러니 그걸 분석하는 건 의미가 없다. 문제는 싸우고 나서의 행동이다. 남자들은 잘못을 추궁하는 여자 친구에게 이렇게 대답하곤 한다.

"내가 다 잘못했어"

그러면 싸움은 더 커진다. 장담할 수 있다. 그 경우 다음과 같은 질문으로 이어지는데, 그것은 보통 "네가 뭘 잘못했는데?"다. 무엇이 나쁜 걸까? '다' 라는 수식어다. 여자 입장에선 '이 사람이 귀찮으니까 대충 때우고 넘어가려 하는구나' 하고 생각한다. '이 남자가 모든 걸 자기 책임으로 돌리려는 고귀한 마음씨를 지녔구나' 라고는 절대 생각하지 않는다. 그러니 이는 현명한 대답이 아니다. 대신 구체적으로 어느 시점에, 어떤 부분을, 얼마나 잘못했는지, 그리고 이게 제일 중요한데, 여자 친구의 분노는 왜 정당한지를 설명할 수 있어야 한다. 물론 어려운 일이다. 쉬울 수가 없다. 왜냐하면 남자는 정말 모르니까. 사실 이 질문은 여자 친구의 "오늘 나 바뀐 거 없어?"라는 질문만큼이나 남자들 등에 식은땀이 흐르게 한다.

반성문도 똑같다. 그냥 내가 잘못했다고 이야기해서 끝날 일이 아니다. 교사는 학생이 문제 원인을 모르면 다음에도 똑같은 잘못을 할 거라고 생각한다. 그리고 그건 사실이기도 하다. 그러니 이럴 땐 반대로 생각해야 한다. '뭘 잘못했는지 몰라서 반성문 쓰기 어렵다' 가 아니라, '반성문을 쓰면서 내가 뭘 잘못했나를 떠올려 보자' 로 말이다. 내가 한 행동을 더듬어보며 그걸 기록으로 남긴다. 최대한 상세하게, 나에게 유리하든 불리하든 일단 다 써놓고 본다. 그다음 내가 그 행동들을 한 '의도' 에 대한 설명이 들어가야 한다. 이점이 중요하다. 그래야 내가 왜 그 행동을 했는지, 스스로 깨닫는 기회가 되기 때문이다. 잊지 말아야 한다. 반성문을 쓰는 제1의 이유는 자기 과거의 추적이고 깨달음이다.

기억력이 나쁜 사람은 손해를 본다. 잘못은 한 것 같은데, 자기가 뭘 잘못했는지, 상대가 왜 화가 났는지를 자기도 모르기 때문이다. 반복해서 말하지만, 바로 그렇기 때문에 글을 써봐야 한다. 쓰면서 자기가 했던 말과 행동을 떠올려 보는 것이다. 그럼 자기가 한 행동을 상세히 쓰기만 하면 될까? 아니다. 그렇게 하면 글은 나오지만 그건 반성문이 아니다. 사고경위서다.

사고경위서가 아니라 반성문을 쓰려면 어떻게 해야 할까? 자기 잘못을 뉘우치는 진심이 더해져야 한다. 이건 앞서 설명한 내용이다. 그런데 내가 뭘 잘못했는지 모르면 진심이 나올 리 없다. 읽는 사람은 그걸 귀신같이 알아차린다. 수도 없이 반성문을 받는 입장이니, 교사들은 저절로 훈련이 되고, 그걸 알아본다. 알지만 열심히 썼으니 적당히 넘어가 줄 뿐이다(물론 아닌 교사도 있다).

진심을 담으라는 말은 무조건 저자세로 나가라는 뜻이 아니다. 그보다는 내가 벌인 일을 내 관점이 아니라, 타인의 관점에서 바라보라는 말이다. 내 입장에서 아무것도 아닌 일도 남의 입장에서 불편함이 있었다면, 그 점을 솔직하게 미안해할 수 있어야 한다. 반성문을 쓰라는 교사는, 학생에게 그 점을 기대한다.

그런데 조금 과장해서 다음과 같은 표현을 쓴다고 생각해 보자.

'나는 악의 소굴에서 태어났고, 악마의 사생아 같은 놈이며, 내가 한 짓은 절대 용서받을 수 없는 일이다' 와 같은 글을 보면 어떤 느낌이 드는가? 반성문이 아니라 유서처럼 느껴진다. 이런 과장된 표현이 반성문의 목적에 합당할 리 없다. 글은 목적에 맞게 써야 한다. 사실을 객관적으로 쓰되, 자신이 잘못한 부분을 솔직하게 쓰면 되는 것이 반성문이다.

한 가지 더할 말이 있다. 억울한 부분이 있다면, 그 또한 써도 좋다. 다만 선생님의 성격을 고려해야 함은 당연하다. 누누이 말하지 않았는가. 모든 글은 독자를 고려해야 한다고. 그러니 그에 대한 판단은 본인이 하시라. 어쩌면 억울한 부분은 잠시 접어두고, 감정이 서로 누그러졌을 때 나중에 따로 말씀드리는 편이 나을지도 모른다. 그것도 하나의 지혜다. 그러나 굳이 반성문에 자기 입장을 쓰기로 결정했다면, 다음을 잊지 말아야 한다. 개인적 억울함을 호소하는 표현은 내가 잘못했다는 표현보다 많아서는 안 된다. 만약 그렇게 쓰면 제2, 제3의 반성문을 쓸 가능성이 높아진다.

에필로그

내가 있는 학교는 6월 1일, 그저께까지 수학여행 기간이었다. 돌아오는 차 안에선 한숨 소리가 들렸다. 4일간 낮밤을 바꿔 가며 숙소에서 재미있게 지냈는데, 이제 일상으로 복귀해야 한다. 그리고 지난 4일간 내가 단지 놀고만 있었던 게 아님을 증명해야 한다. 수학여행 체험 보고서로 말이다.

학생들이 왜 한숨을 쉴까? 글쓰기가 귀찮기도 하지만 의미 추구보다 즐거움을 추구하는 데 신경 썼기 때문이다. 나쁘다는 말이 아니다. 재미를 찾다 보면 의미는 저절로 발견하는 게 인생이다. 그러니 자꾸 재미있는 걸 찾는 건 반대할 일이 아니라, 오히려 적극 권장할 일이다.

그럼 재미만 느꼈으면 그걸로 끝이지, 뭘 또 의미까지 찾아가며 보고서를 쓰게 하냐고 생각할지 모르겠다. 하지만 평생 한 번밖에 못 해 볼 경험이고, 다시는 해볼 수 없는 일 아닌가. 그러니 기록으로 남겨두는 것도 괜찮지 않을까. 남이 시켜서 하는 일이면 재미없지만, 평생의 소중한 기억으로 남기기 위해서라면 열심히 써보는 것도 괜찮지 않을까 싶다는 말이다. 어느 학교에 다니든, 수학여행은 한 번뿐이니까.

수학여행 보고서만이 아니다. 우리가 처음으로 해보는 글쓰기는 얼마나 많은가. 대학 입학 자기소개서, 회사 취업 자기소개서, 이력서, 그리고 마지막엔 사직서까지. 우리가 처음으로 경험해야 할 '쓰기'는 생각보다 꽤 된다. 그런 관점에서 보면, 인생은 쓰기의 연속이다.

이처럼 쓰기는 필요한 일이기도 하지만, 그렇기만 하다면 재미없는 노동으로 끝날 것이다. 하지만 그렇지 않다. 글에는 감정을 담을 수 있고, 생각을 담을 수 있다. 누구나 그럴 수 있다. 그런 점에서 글쓰기는 평등하다. 잘 쓴 글이든, 그렇지 못한 글이든 마찬가지다. 작가 구본형은 책을 쓰는 일이 어떤 점에서 좋은지를 이렇게 설명했다.

작가는 좋은 직업이다. 책을 읽는 것이 공부하는 것이고, 생각하는 것이 창조이고, 글을 쓰는 것이 실천이다. 언제 어디서나 종이한 장 연필 한 자루면 끄적거릴 수 있고 죽을 때까지 할 수 있다. 평생 직업이고, 저 좋아 하는 일이다.

늙어서 몸이 삐걱거려도 즐길 수 있고, 다리몽둥이가 부러져 침대에 누워 있어도 할 수 있다. 어쩌면 늙어서도 잘할 수 있는 몇 개 안되는 일 중의 하나이고, 침대에 몸져누워 있기 때문에 잘할 수 있는유일한 일이 아닐까 한다. 거기다 지식 노동자이니 말도 제법 할 수있고, 글도 제법 쓸 수 있다. 먹물이니 어디 가서 무식하다는 소리는듣지 않을 뿐만 아니라 제법 대접도 받을 수 있다. 제일 괜찮은 것은남에게 고용되어 있지 않으니 제법 자유를 누릴 수 있다. 자유, 거얼마나 좋은 말이냐. 제 맘대로 살 수 있으니 멋진 일이 아니냐.

—구본형, 『나는 이렇게 될 것이다』

나 또한 글을 쓰니 공감이 간다. 나는 직장인이며, 그중에서도공무원이다. 완벽하게 보장된 신분이라는 말은, 완벽하게 구속된

처지라는 말과도 같다. 매주 주어지는 일주일 중 자유로운 날은 주말 이틀뿐이니, 어떻게든 이 시간을 나를 위해 쓰고 싶다. 그렇게 해서 자유로울 수 있는 날이 이틀이 아니라, 사흘이 되고, 나흘이 되기를 원한다. 최종적으론 매일이 자유롭기를 원한다. 직장을 그만두고 기꺼이 새로운 세계로 떠날 수 있기를 원한다. 부르는 곳이 있으면 어디든 가고, 부르지 않으면 혼자 공부하고 글을 쓴다. 나는 그런 삶을 꿈꾼다.

학생들이 가끔 묻는다. 글을 어떻게 써야 하느냐고 말이다. 질문을 받을 때마다 당황했었다. 나도 내 식대로 글을 쓰긴 하지만, 정확히 어떻게 쓰고 있는지 설명하기는 어려웠기 때문이다. 때때로 잊어버릴 때쯤 질문이 들어왔고, 그래서 그때마다 생각하다 이 책을 쓰게 되었다. 그게 1년 만이다.

책을 써서 좋은 것은 쓰기 위해 공부하게 된다는 점이다. 나는 어떻게 글을 쓰고 있는지, 스스로를 관찰하고 연구했다. 또한 다른 작가들은 어떻게 글을 쓰는지, 그들의 이야기를 책을 통해 들었다. 어떤 글이든 전문성을 갖추려면 공부하지 않을 수 없고, 공부하기 위해 글쓰기보다 좋은 것이 없다. 나는 스스로를 격려했다. 지치지 않되, 항상 해내야 한다는, 결과를 내야 한다는 생각 속에 꾸준히 글쓰기를 했다.

이제 나는 설명할 수 있다. 글을 어떻게 써야 하는지, 글쓰기의 기본 요건은 무엇이고, 글쓰기가 갖는 의미가 무엇인지 말이다. 이 책을 읽은 여러분도 나와 같은 결과를 얻기를 원한다. 체험을 기록하면 글이 되고, 글을 써서 체험의 의미는 빛이 난다. 당신의 생각을, 깨달음을, 인생을 기록으로 남겨 보라. 진정으로 자유롭다는 게 어떤 의미인지 이해하는 날이 온다.

도움주신 분들께

책은 쓰면서 글쓰기 수업은 왜 안 하느냐고 물어보시던 임명희 연구사님께 감사드린다. 연구사님의 말씀에 답을 하기까지 1년 반이 걸렸다. 이제 글쓰기에 관해 한 권의 책을 냈으니, 나로서는 하나의 숙제를 끝낸 셈이다. 돌이켜보면 참으로 감사한 숙제였다.

글 쓰는 법을 알려달라고 말했던 원준이와 현이가 아니었다면, 이 책을 쓸 용기를 내지 못했을지도 모른다. 적당히 게으름과 타협하며 살지 않게 도와준 두 명에게 감사한다.

책이 나올 때마다 응원하고 격려해주는 1정 연수 동기들, 선배님들께도 감사한다.

내가 참고한 책을 써주신 모든 작가님들께도 감사한다. 나는 이 책을 쓰지 못했을 것이다.

내용에 대해 아무 말씀도 안 하시고, 항상 믿고 출간해주시는 하늘아래 이종근 대표님께도 감사드리고 싶다.

항상 밝고 씩씩한 1학년 2반 학생들에게 특별히 감사한다.

마지막으로 이 책을 읽어주신 모든 독자분들께 감사드린다.

진심으로 감사의 마음을 담아

이형준

참고 문헌

스티븐 킹 지음 『유혹하는 글쓰기』, 김영사

유시민 지음 『유시민의 글쓰기 특강』, 생각의 길

유시민 지음 『표현의 기술』, 생각의 길

유시민 지음 『유시민의 공감필법』, 창비

임정섭 지음 『임정섭의 글쓰기 훈련소』, 다산초당

박종인 지음 『기자의 글쓰기』, 북 라이프

피터 엘보 지음 『힘 있는 글쓰기』, 토트

김병완 지음 『김병완의 책쓰기 혁명』, 아템포

쇼펜하우어 · 니체 지음 『쇼펜하우어와 니체의 문장론』, 연암 서가

리처드 마리우스 지음 『글 잘 쓰는 법』, 작가와 비평

나탈리 골드버그 지음 『인생을 쓰는 법』, 페가수스

나탈리 골드버그 지음 『뼛속까지 내려가서 써라』, 한문화

인나미 아쓰시 지음 『1만 권 독서법』, 위즈덤하우스

이세훈 지음 『아웃풋 독서법』, 북포스

야마구치 슈 지음 『읽는 대로 일이 된다』, 세종서적

다치바나 다카시 지음 『나는 이런 책을 읽어 왔다』, 청어람미디어